「ラーナ様……
あなたの命、
必ず救います！」
ソルト
第四騎士団専属の
回復術師

「どうか第四騎士団専属の回復術師になっていただけないでしょうか？」
フレイナ・アルバン
コーリアス第四騎士団団長
ラーナ・コーリアス
コーリアス領を管理する家令
クルシュ
コーリアス
第四騎士団副団長
メイ
コーリアス
第四騎士団団員

SEIZOKUSEI HEALER

CONTENTS

聖属性ヒーラーは女騎士団の助っ人回復術師をやってます

[Author] イコ　[Illust.] Genyaky

seizokusei healer ha onna kishidan no
suketto kaifukujutsushi wo
yattemasu

プロローグ

「私、結婚しようと思うの」

その言葉を聞いた瞬間、俺は自分が転生者であることに気づいた。

そんな言葉でなぜ気づくのか、不思議に思うかもしれないが、かつての俺は平凡《へいぼん》なサラリーマンだった。

毎日をただ生きているだけで、自分に自信が持てず、幼馴染《おさなな》みだった女性に告白もできない。人生においては、どこにでもいるような存在だった。

俺がグズグズしていたからなのか、それとも彼女に元々彼氏がいたのかは知らないが、幼馴染みから結婚することを告げられた。

惨《みじ》めな話だ。告白もできないくせに、ずっと好きだった。幼馴染みから受ける結婚報告は、これで二度目であり、苦い記憶と共に前世を思い出した。

「結婚？　誰と？」

当然の疑問だと思う。今日の仕事を終えて、幼馴染みたちと行きつけの食堂にやってきた。転生した異世界で、俺は冒険者として活動している。

プロローグ

幼馴染みの女性二人とパーティーを組んで、冒険者ギルドと宿の中間にある行きつけの食堂で夕食を取る。仕事を終えた後は、仲間とエールを飲んで、今日の反省と仕事の報酬の分配を行うのだ。

賑《にぎ》やかな居酒屋の雰囲気と、珍しく個室が用意された店内。若くて見た目が良い幼馴染みたちを野蛮《やばん》な男たちから守るために、この店を頻繁《ひんぱん》に使っていた。

食事を終えて、空腹を満たしたところで、シンシアから突然の結婚報告を受けた。

「ソルト兄さんの知らない人よ」

くすんだ黄色い髪を肩で切り揃《きそろ》えたシンシアは、美しい容姿をしていて、女性らしく成長した体は、数多《あまた》の男たちを魅了するのに十分な効果を発揮する。

俺も幼馴染みだと思いながらも、一人の女性に成長したシンシアのことを意識するようになっていた。

だからこそ、結婚の報告を聞いた瞬間、俺は思わず固まって、ここが異世界だと改めて思い出すほどのショックを受けた。

俺には前世があり、シンシアが結婚するという状況が、その記憶と重なった。

「結婚……そうか、おめでとう」

「ええ、ありがとう、ソルト兄さん」

嬉《うれ》しそうに笑うシンシアの顔を見て、俺は幼馴染みが結婚する時に、また何もできなかったんだと実感した。

そして、今世でも結局、ただ受け入れるだけの自分がいる。

いや、反対する理由がない。今世では、彼女の兄として、彼女を守り育てる存在だったのだから。受け入れるのが当たり前なんだ。

「私も、騎士団にスカウトされてるんだ！　すごいでしょ！」

もう一人の幼馴染みは、結婚の話を聞いていたのか、驚く様子もなく、さらに爆弾発言を投下してきた。

物事を深く考えず、思いつきで発言するのは、こいつの悪い癖だ。陽気な性格で、元気にポニーテールを揺らすアーシャに悪気はない。むしろ、騎士団に入れたことを笑顔で自慢していた。彼女は昔から王国の騎士団に憧れており、スカウトを受けたことが誇らしいのはわかる。

「だから今日をもって、私たちのパーティーを解散したいんです」

今まで、妹のように思っていた幼馴染みたちから、突然の冒険者パーティー解散を告げられた俺の気持ちも考えてほしい。

転生者であることに気づいたことよりも、気づいてすぐに仲間から解散を告げられたショックが大きい。

「アーシャ、すごいな。夢が叶《かな》ったんだな」

「うん、ソル兄が色々教えてくれたからだよ。これで私もお父さんと同じ騎士になれるんだ！」

プロローグ

アーシャの父親は王国で騎士をしていた。昔から、彼女は父親と同じく騎士になることを夢見ていた。

俺たちが生まれた村は五年前に、大量の魔物の襲撃を受けて壊滅した。俺は二人を連れて王都まで逃げ延びることに成功したが、親たちが必死に俺たちを生かそうとしてくれたおかげだと思っている。

それからは、二人を育てるために冒険者として必死に働いてきた。

「ソルト兄さん。今まで本当にありがとうございました」

シンシアが丁寧にお礼を言ってくれる。シンシアの魔法と、アーシャの剣術が、俺たち三人をここまで生き延びさせてくれた。

俺は戦闘ではあまり役に立たなかったから、二人のお荷物だったのかもしれない。

「何を言ってるんだ。俺たちは兄妹のようなもんだろ？　お前たちは立派な大人になって、それぞれの道を歩む。これほど喜ばしいことはないさ！」

少し強がりを言いながらも、自分の気持ちに蓋《ふた》をして、俺は二人の頭を撫《な》でた。

今日で俺たち三人の冒険者パーティーは解散する。それを受け入れるのに少し時間はかかるが、二人が幸せになるためだ。

「パーティーを解散するなら、これまで預かっていた資金を三等分するぞ！」

食堂から宿に帰ってきた俺たちは、今まで貯《た》めていたパーティー資金やアイテムを分配する。

「ソルト兄さん、多くないですか？」

これまで三人で稼いだ金を、リーダーとして俺が管理していた。それを三つに分けて、二人に多めに渡すことにした。

「祝儀も含まれていると思ってくれ。これ以上は渡してやれないからな」

「ソルト兄さん、ありがとうございます」

シンシアが深々と頭を下げる。アーシャは金勘定が苦手なので、多くても気にしていないようだ。

「ソル兄はこれからどうするの？」

「俺か？　そうだな、王都を離れてコーリアス伯爵領にでも行こうと思う」

失恋の痛みから逃れるために、遠く離れた場所で新たなスタートを切りたかった。俺は二人のように戦闘は得意じゃない。回復魔法で稼ぐつもりだ。

「コーリアス伯爵領？」

「ああ、あっちの方で瘴気《しょうき》が広がっているらしいな。俺は聖属性だから、瘴気の浄化はお手のものだ」

「ソル兄の回復魔法って、治療師ギルドの癒《ゆ》属性の人よりもすごく気持ち良いもんね」

「そういう意味じゃなくて、浄化の方な！」

アーシャは、俺を専属マッサージ師か何かと勘違いしてないか。

「そうですね。ちょっと変な気分になってしまうほどに」

プロローグ

シンシアが色っぽい雰囲気でため息をつくと、こちらの方が恥ずかしくなる。俺が使う聖属性の回復魔法に対して、二人から高評価を受けるが、実際はそんなたいしたものじゃない。治療師ギルドの癒属性が使う回復術に比べれば、回復させるのに時間はかかるし、妙に気持ちいいとか変な評判までついて、女性の冒険者たちからは毛嫌いされている。

「俺の話はいいさ。アーシャは一人で起きられるようになれよ」

「む～、もう大丈夫だよ！」

「ふふ、アーシャはお寝坊さんですからね」

三人で支え合って生きてきた日々が終わる。それは寂《さび》しくもあるが、二人の新しい門出を祝いたい気持ちの方が強い。

「久しぶりに三人で寝ない？」

「いいですね。王都に来た時は、よく一緒に寝ていましたからね」

二人からそんな提案を受けたが、俺は首を横に振った。十五歳の二人は痩せていて、まだまだ子供だった。だけど、今のこいつらは違う。出るところは出て、女性らしい体つきになった。そんな美少女二人とベッドに入って、我慢ができる気がしない。

「勘弁してくれ。お前たちの寝相の悪さでオチオチ寝てられるか。さぁさぁ、俺たちのパーティーはここで解散だ。明日からはそれぞれの道を歩む。お前たちも大人なんだ。しっかりやれよ」

俺は二人を追い出して、別れの言葉を述べながら、もう一度頭を撫でた。

「ソル兄のケチ！　こんな美少女と眠れるのに」

「ふふ、だからダメなのよ、アーシャ。ソルト兄さん、これまで本当にありがとうございました」

「おう、二人の妹が同時に旅立つんだ。一気に片付いて清々するくらいだ！」

シンシアの顔にも、別れの寂しさが表れていた。

「ソルト兄さんがいたからこそ、私たちは頑張ってこられました。励まし、勇気を与え、支えてくれたことを心から感謝します」

まるで娘を嫁にやる父親のような気持ちだ。シンシアを好きになって良かったと思える。

ヤベッ！　ちょっと泣きそうだ。涙出てないよな？　泣いたらかっこ悪すぎるだろ。

彼女が幸せになるために選んだ相手なら誰であっても、俺は祝福してやりたい。

「ああ、俺たちは家族だ。三人の絆は永遠だからな。もし困ったことがあったら、いつでも相談しろよ」

「はい！　ソルト兄さん」

「ありがと、ソル兄」

「なぁ、俺たちは良いチームだったよな？」

「当たり前じゃん！　ソル兄がいなかったら、私の体はもう戦えなくなってるよ」

「そうですね。私も毒や呪いを、ソルト兄さんが浄化してくれました」

「はは、二人とも大袈裟《おおげさ》だな。それに俺を持ち上げろなんて言ってないぞ。ただ、三人で最高のチームだった。俺はそう思ったから聞いてみただけだ。アーシャの剣術がどれだけ魔物を倒して、俺たちを助けてくれたか。そして、派手さはないが、シンシアの緻密《ちみつ》な魔法が何度ピンチを脱出させてくれたのか、数え切れないほどだ」

互いにこれまでの活躍や思い出を口にして、改めて彼女たちとの別れが現実感を伴ってくる。別れは誰にでも訪れるものだが、今日がその日になる。

「改めて、ソルト兄さん」

「ソル兄」

二人は目を合わせて、声を揃えて言う。

「「ありがとうございました！」」

こうして仲良し幼馴染み三人組は、それぞれの道を歩むために、冒険者としての旅を終えることになった。

◇

一晩明けて、俺は早朝に宿を引き払って、冒険者ギルドに向かった。

昨日、別れを告げて、今日もう一度というのは気恥ずかしさを感じたので、宿を早めに引き払った。

冒険者ギルドには、シンシアの結婚報告とアーシャの王都騎士団所属を伝え、パーティーの解散を告げる。

いつも王都で受付をしてくれるミリアさんは、冒険者ギルドでも一、二を争う美人だ。

「そう、今までご苦労様でした」

ミリアさんにパーティー解散を告げると、丁寧に頭を下げてくれる。

「はは、別に引退するわけじゃないですよ」

「もちろんよ。これからもソルト君には頑張ってもらわないと！」

「えぇ⁉」

「ふふ、冗談よ」

一つしか変わらないのに、どうしてもミリアさんには頭が上がらない。

そのスタイルの良さは目の毒になるほどで、双丘に目を奪われることなく話をするのは至難の業だ。

前世で奥手だった俺は、魅力的な女性を見るだけで鼻血が出そうになる。できる限り彼女の瞳だけを見るように心がけて話をしているが、それでもミリアさんの声は優しく甘い。

「まさか、シンシアさんが結婚するとは驚きだわ。てっきり、ソルト君のお嫁さんになると思っていたのに。何も聞いていなかったの？」

「はは、やっぱり本当の家族ではないからですかね？　何も知りませんでした」

「もう、そういう言い方は良くないわよ。でも、変ね。彼女はあなたに一途だと思っていたんだけど」

プロローグ

「思っていたのは俺だけだったみたいです」

つい、本音が溢《こぼ》れてしまう。そんな俺にミリアさんが優しく笑いかけてくれた。

「あなたは、大丈夫。なんなら私と付き合う？」

「はは、俺なんかじゃ釣り合いませんよ。ミリアさんは、王都一の美人だと思います」

「ふふ、そういうとこよ」

小声で、ミリアさんが何か呟《つぶや》いた。

「えっ？　何か言いましたか？」

「ううん。それで？　ソルト君は、今後はどうするのかしら？」

ミリアさんには王都に来てから、たくさんのことを教えてもらった。

そろそろ五年の付き合いになるが、冒険者になったばかりの頃は色々と世話になった。

王都の中で、一番親しく話ができる相手でもある。だからこそ、彼女にはお礼と別れを告げて行きたい。

「辺境のコーリアス伯爵領にでも向かおうと思っています」

「コーリアス領？　随分と辺境に行くのね」

「はい。俺は聖属性なので、瘴気を浄化することしかできません。あちらでは瘴気が増えていると聞いたので」

「そう、あなたの助けを待っている人がいるところに行くのね。あなたはいつもそう」

「えっ？」

「ううん。なんでもないわ。気をつけてね。機会があれば、私もコーリアスに行くからその時はまた会いましょう」

「はい！　今までありがとうございました」

ミリアさんに挨拶を終えて、冒険者ギルドの知り合いたちに別れを告げる。

王都は第二の故郷だと思う。多くの出会いをしてきた。だけど、シンシアとアーシャが住む王都を離れることにした。いつまでも未練を抱えて生きていたくない。

新たな土地で心機一転だな。

冒険者ギルドを出た後は、そのままコーリアス伯爵領へと向かうことにした。

魔物が出没する可能性があるが、魔物除《まものよ》けのアイテムを用意すれば問題はないだろう。

途中で疲れたなら、近くの街で休んでいくこともできる。

「まあ、なんとかなるだろ。一人旅を満喫するしかないな」

失恋旅行のようなものだが、二度も幼馴染みの結婚報告を聞く羽目《はめ》になるとは思わなかった。

「だけど、物は考えようだよな。どうして異世界に転生したのかわからないが、異世界でやり直す機会をもらったんだ。この世界でソルトとして生きた記憶はそのままあって、前世と今世に差異はない」

異世界で魔法を使いながら旅をするというのは、どこかロマンがある。

コーリアスまで馬車で行けば四日ほど。徒歩なら一週間はかかるので、野宿の準備をしてきた。

冒険者の旅立ちに見送りなどないのが普通だ。これが、俺が選んだ道なのだから。ソルトとしての、今の自分をしっかりと生きる。

幼馴染みとの縁は切れた。俺は人生をやり直す。

◇

異世界の旅は、思ったよりも楽しかった。

野宿用のテントを張って、魔避けのアイテムを配置して、買い置きしておいた保存食を食べて、綺麗《きれい》な星空を眺める。

そんな旅路が五日ほど続き、ついにコーリアスの領地に入った。

「キャー！」

領境を越えたばかりで、聞こえてきたのは数名の女性の悲鳴だった。

さらに馬が走り去る音が聞こえて、俺は悲鳴が聞こえた方へと近づいて身を隠して様子を窺《うかが》った。どうやら、早速面倒ごとに巻き込まれたようだ。

そこでは、スケルトンやゴーストたちが馬車を襲撃していた。

死属性の魔物は瘴気が多くなると発生しやすくなる。

しかもかなりの数がいるということから、かなり高ランクの死霊使いに操られているようだ。

コーリアス領で瘴気が増加している影響が出ているようだ。

「旅は道連れ世は情けか！」

見捨てる選択肢はないな。俺は覚悟を決めて加勢を決意する。

一台の馬車がスケルトンやゴーストに囲まれ、攻撃を受けていた。まずは魔物たちの意識を馬車から逸《そ》らす必要があるな。

「おい！　怪我人《けがにん》はいないか？」

俺が声を張り上げると、霧状の魔物であるゴーストがこちらを振り返った。

その瞬間、馬車を守るように戦う騎士が目に入る。銀色の髪が美しく輝き、透き通った銀の瞳と一瞬視線が交差する。

その美しさに一瞬見惚《みと》れたが、すぐに意識を覚醒させるために両頬を平手打ちした。

今は、女騎士に見惚れてる場合じゃない。向かってくるゴーストの群れに、俺は聖属性魔法を発動する。

「《ホーリーアロー》」

冒険者の適性検査を受けた際、俺は聖属性の適性があることがわかった。

聖属性は、十三ある魔法属性の一つだ。《地》《水》《火》《風》《雷》《氷》《光》《闇》の八つの属性を自然属性と呼ぶ。

それら以外の、希少属性と言われる《無》《癒》《聖》《死》《時空》は、八つの属性に比

プロローグ

べれば適性のある者が少ないと言われている。

聖属性は希少属性の一つであり、死霊との戦闘では特に効果を発揮する。

俺は《ホーリーアロー》でゴーストを次々と消し去る。

死属性以外には、あまり効果を発揮することができない。

その代わり、瘴気や毒素など、死属性に対して浄化が行えるので、瘴気の多い場所こそが、俺の本領を発揮できる。

これが転生した俺の最大の武器だ。

短剣を腰から抜いて聖属性で強化して、スケルトンに斬りつけた。

『カタカタカタ！』

「ふん！」

冒険者パーティーは通常四人から六人で構成されるが、俺たちは幼馴染み三人で冒険をしていた。仲間を増やすのをシンシアが嫌がったために、三人で全ての対処ができるようになった。

俺は二人と冒険を続けるために、回復魔法と浄化以外に、シーフとしての技術を身につけた。

シーフの技術は、短剣術、偵察、罠解除《わなかいじょ》、気配察知などで、二人のサポートが主な仕事だ。俺にとって短剣は、単身でもスケルトンを撃破できる体術として身についている。

敵の数を減らして、俺は馬車を護《まも》る女騎士のもとにたどり着いた。

「俺は冒険者だ！　加勢する！」

俺が声をかけると、銀髪の女騎士は少し息を整えながら、振り返って答えた。

「助かります」

彼女の疲労が表情に表れており、合流できたことに安堵《あんど》の息を漏らしているのがわかった。

「重傷者が馬車の中にいます。他の者たちは護衛対象を逃がすため、この場を離れました。私は殿《しんがり》として敵を引きつけていたのです」

囮《おとり》どころか、生贄《いけにえ》のような状況だな。

「俺は聖属性の魔法が使える冒険者だ。死霊との相性は良い。一気に片付けよう。近くに死霊術師がいるはずだ。そいつを倒せば、すべての魔物は消滅するんだが、どこにいるのかわかるか？」

「聖属性！　それは心強いですね。死霊術師の場所はわかります」

「本当か？」

死霊術師は、使役した魔物を戦わせて自らは隠れていることが多い。場所がわかっているのは好都合だ。

「あそこです」

彼女が指差した先、俺が来た方角とは反対側に、宙に浮いている王冠をかぶったワイトの姿が見えた。

「なっ⁉　ワイトキングなのか？」

思っていた以上の大物に驚かされる。

死霊術師として、ワイトマジシャンなどを想像していたが、そのさらに上位種だったようだ。コーリアスに充満する瘴気の量が多いということだ。

「わかった。あいつは俺が相手をしよう。スケルトンを頼めるか？」

「もちろんです」

女騎士に背中を任せて、俺は短剣を構え、ワイトキングに向かっていく。

目の前にいるスケルトンを次々と斬り倒して後ろを振り返れば、女騎士の高い技量が垣《かい》間見《まみ》えた。武器は剣と小型の盾だ。

それらを巧《たく》みに使い分けて、攻撃の精度は非常に高く、防御も堅い。

「今です！」

女騎士の声が戦場に響く。

ワイトキングを守るスケルトンを女騎士が全て蹴散らしてくれた。

「強力だな……一気に終わらせるぞ！　《セイクリッドクロス》！」

聖属性の上位魔法を発動させると、清らかな力がワイトキングを包み込み、浄化の光が辺りに充満する。

「ワイトキングよ、消え失せろ！」

魔力の半分を使って放たれた強力な聖属性魔法がワイトキングを浄化していく。

ワイトキングは俺が聖属性魔法を使ってくるとは思っていなかったようだ。ワイトキングが生み出した死霊たちも次々と消滅していく。

「ふぅ、なんとかなったな……」

振り返ると、女騎士も他の魔物たちを片付け終わっていた。

「怪我人はどこだ？」

彼女に尋ねると、疲れた様子で馬車の中を指差した。中にいたのは、小柄で可愛《かわい》らしい栗毛《くりげ》の女騎士で、スケルトンに肩から深く切りつけられていたようだ。

出血が酷《ひど》く、意識は朦朧《もうろう》としている。

「増血剤はあるか？」

「ええ、救命道具に」

「よし、それを飲ませてくれ」

「どうやって？」

意識のない相手の対処を知らないようだ。

俺は水と増血剤を口に含んで、傷を負った女騎士の口に流し込んだ。

増血剤を飲ませると同時に、《ヒール》の魔法を使って治療を開始する。しかし、聖属性の回復魔法は癒属性と比べて時間がかかるため、焦りを感じながらも治療を続けた。

「すごい……」

銀髪の女騎士が感嘆の声を漏らすが、俺は冷静に答えた。

「癒属性の治療師ならもっと早く治せるが、俺は聖属性だからな。どうしても時間がかかるんだ」

やがて切りつけられた傷が癒えていくのを見ながら、俺は徐々に魔力が尽きていくのを感じていた。

「うっ……」

「大丈夫ですか⁉　顔色が悪い」

「魔力切れだ。少し眠らせてもらう」

「ありがとう、ゆっくり休んでくれ。あなたは私たちの命の恩人だ。この恩は騎士として必ず返す」

彼女の感謝の言葉を聞きながら、俺はそのまま意識を失った。

◇

目を覚ますと、頰に柔らかな感触が伝わってきた。暖かくて良い香りがする。

「うっ⁉　んん？」

「目が覚めましたか？」

ぼんやりとする視界の先には、銀髪の美女がいた。

「うわっ⁉」

「驚かせてしまいましたね。確かに私の太腿《ふともも》は鍛えていて固いと思いますが、その態度は少しショックです」

銀髪女騎士の白い太腿での膝枕は最高です！　だけど、いきなりとびきりの美女に膝枕された経験がないので、素直に驚いただけだ。

俺の置かれた状況で、やっと自分が彼女に失礼な態度をとってしまったことを理解した。

「膝枕？　あっ、いや。嫌とかではなくて、驚いただけで、むしろご馳走様《ちそうさま》です⁉」

「ふふ、あなたが倒れた後に、仲間が増援を連れて戻ってきてくれたのです。今は我々の住んでいる街に向かって馬車を走らせているところです」

「増援？」

確かに馬車が揺れていて、走っていることが確認できる。外の景色を見ると、城郭《じょうかく》都市コーリアスが見えていた。

「領都コーリアス？」

徒歩であれば、あと二日はかかる距離を、馬車で一日で移動してしまった。

「そうです。我々はコーリアス第四騎士団所属なのです。領境の視察で、伯爵様の妹君であるる領主代行ラーナ・コーリアス様の護衛をしていました。まさか、死霊を操るワイトキングに襲われるとは思いませんでしたが、あなたに命を救われました」

目の前の美しい女騎士は、苦笑いを浮かべて状況を報告してくれた。まさか領主代行の護衛を助けるなんて。

「改めて、自己紹介させていただきます。私はコーリアス第四騎士団副団長を務めます、クルシュと言います」

「あっ、ああ。冒険者のソルトだ」

クルシュは俺に握手を求め、自己紹介をしてくれた。クルシュと共に城郭都市コーリアスに到着して、馬車から降りる。外には出迎えのために、第四騎士団の面々が左右に並んでいるが、全員が女騎士なのだ。

「えっ？」

驚く俺に対して、女騎士たちは一斉に敬礼をした。

「皆の者、ご苦労であった。此度《こたび》は護衛だけだと油断してしまった私の判断ミスです。本当に申し訳ない。この命で償うべきでしたが、こちらにいる冒険者ソルト殿によって、命は救われました。ソルト殿、私を含め、団員の命を救っていただき、本当にありがとうございます」

「「「ありがとうございます！」」」

クルシュから告げられた礼に、騎士団所属の女性たちが一斉に挨拶をしてくれる。戸惑ってしまうが、これだけ盛大に礼を言われれば嬉しいものだ。

「人助けはするものだな。命が助かって良かったよ」

俺はただただ圧倒され、何と答えていいのか迷った。すると、列の中央を金髪の美女がこちらに歩み寄ってきた。

クルシュがクールで涼やかな美を持つ銀髪の騎士とするならば、中央からこちらに向かってくる美しい金髪の美女は太陽の女神のようだ。

人生で出会ったことがないほどの巨大な乳を揺らしながら、ゴージャスさと気品を併せ持つ圧倒的な美が向かってくる。

もうDTを殺しにきているとしか思えない。おっぱいを見てもいないのに鼻血が出そうになる。

「冒険者ソルト様ですね？」

「はい！　冒険者のソルトです！」

俺は必死だった。彼女の瞳を見つめて、一刻《いっこく》も逸らさない。もしも、一ミリでもズレれば、目に飛び込んでくる。

とんでもない爆乳という名の凶器が、目の前に晒《さら》されているのだから。

「此度は私を含め、第四騎士団の団員を救っていただきありがとうございます。領主の妹で、家令《かれい》を務めております、ラーナ・コーリアスです」

上品にスカートを持ち上げて挨拶をしてくれるラーナ様に、俺は目を閉じて、騎士の礼をする。

王族や貴族に、騎士や平民が挨拶する際には、それなりのマナーが存在する。

今回は、冒険者の戦士として、騎士の礼儀に則《のっと》り、目を閉じて自分の胸と剣に手を添えて頭を下げた。

「もったいないお言葉でございます。たまたま通りかかって、救えたこと、天の思し召《おぼめ》しとしか思えません」

緊張しながらも、礼儀作法に則り、相手の礼を受ける。

冒険者をしていて、貴族と会う際の勉強をしておいてよかった。

サラリーマン時代の教えで、郷に入っては郷に従えという。

「素晴らしい。騎士の挨拶ですわね」

甘く柔らかな声に目を開けば、そこには天国という名の爆弾があり、見てしまえば絶対に捕らえられて目を離すことができない圧倒的存在感がある。だからこそ、今は彼女の優雅《ゆうが》さと威厳だけを感じていたい。

俺は極力、失礼なことをしないように努めながら、彼女の瞳を見つめ続けた。逸らせば、俺は死ぬ！　ＤＴを殺すワンピースって存在したんだ。

瞳もかなりの危険地帯だ。その美しい瞳に吸い込まれそうになるが、決して視線を逸らさない。

「とても謙虚で誠実な方なのですね」

ラーナ様は微笑《ほほえ》み、俺に対する評価を伝えてくれた。だが、ここからどう対応すべきか戸惑ってしまう。瞳を見続けて、ラーナ様と見つめ合う。

「私からもお礼を伝えてもよろしいですか？」

「そうね、フレイナ団長」

ラーナ様の背後から現れた女性は、真《ま》っ赤《か》な髪を短く切り揃え、大きくて赤い瞳を持ち、クールビューティーな雰囲気を纏《まと》っている。

彼女の凛《りん》とした姿に、俺は思わずドキッとしてしまう。

「ソルト殿、改めてご挨拶させていただく。第四騎士団団長を務めているフレイナ・アルバンだ。団員の命を救っていただき感謝する」

騎士として見本とすべき礼儀作法に、俺は彼女の優雅さに見惚れてしまいそうになるが、同じ礼をもって返した。

「はっ！　団長殿からの感謝を受け取らせていただきます」

彼女の言葉に返事をすれば、フレイナ様はにこりと笑った。

「ソルト様、ここまで冒険者として旅をされてきたのでしょう」

「ええ、そうですね。王都から五日ほどかけてやってきました」

「まぁ、それは凄《すご》いですね！」

「それは気を使わせてすまない。色々と疲れていることだろう。貴殿が泊まる宿をこちらで用意させてもらった。今日はそこで休んでほしい。今後の話は明日にでも」

ラーナ様に続いて、フレイナ様に宿を取ったことを告げられて、今後の話を明日したいと言われた。

「今後？」

何が待っているのかはわからないが、とにかく城郭都市コーリアスに着いてから宿を探そうと思っていたので、用意してくれるのはありがたい。

「わかりました。何から何までありがとうございます」

「では、メイ、案内を頼めるか？」

「はいです！」

フレイナ団長に指名されたのは、栗色《くりいろ》の髪をした小柄な団員だった。馬車で倒れていた彼女だ。

「君は⁉」

「ソルト様！　あの時は助けていただき、ありがとうございましたなのです！　ソルト様に助けていただいた命なのです！」

小柄ながら可愛らしい容姿に、ロケットのように張り出した豊かな胸がアンバランスに見える。一瞬だけ目が向きそうになるが、必死で視線をメイの顔へと向け直した。

「ソルトだ」

「メイというのです！　宿までご案内させていただくのです」

「ああ、よろしく頼む」

案内された先はコーリアスでも一番の宿だった。貴族様が泊まるような豪華な宿で、俺は緊張を隠せなかった。

「それでは明日のお昼頃に迎えに来るのです！　朝に街を出歩いても良いのですが、お昼頃には戻っていただけると嬉しいのですよ」

「あっ、ああ、わかった」

どうやら明日の予定は決まっているようだった。

それにしても、贅沢《ぜいたく》な部屋の作りに圧倒される。

居心地《いごこち》の良さと快適さ、今はただ疲れを癒やすことだけに集中したい。

メイを見送った俺は早速、装備を解いて疲れを癒やすためにベッドに倒れ込んだ。

「やべー、高級宿のベッドが最高すぎる」

一度は泊まってみたい最高級宿。冒険者の俺は、ベッドで寝られるだけで至福だとわかっている。

わかってはいるが、ソルトとしての人生の方が長い今となっては、前世のことは記憶でしかない。今の俺は聖属性の適性を持った冒険者で、この世界の冒険者は魔物を討伐するのがメインの仕事だ。

常に命のやり取りばかりだからこそ、アーシャが騎士として安定職を手に入れ、シンシアが結婚できたことは喜ばしい。

気持ちの整理がついたら、シンシアを祝福しに会いに行ってもいいだろう。

そんなことを考えている間に、眠りに落ちていく。

◇

……コンコン。

「ふぇ？　はい？」

いつの間にか寝入っていたようだ。扉がノックされる音で、目を覚ました。

「失礼します。コーリアス伯爵家より、仕立てを申しつかって参りました」

仕立て⁉　呆然《ぼうぜん》とする頭で、部屋の扉を開くと、白髪の紳士が一礼していた。

「えっと、仕立て屋さんですか？」

「はい。ラーナ・コーリアス様より、明日のランチにご同席いただくための洋服を仕立ててほしいと仰《おお》せつかりました。ランチの際に着られる服を御用意するようにと」

「えっ⁉　それって断るわけには……」

堅苦しいのは苦手なのだ。それに貴族の服は一着でもかなり高い。宿代が浮いたが、今後のことを考えると出費は避けたい。

「全ての費用はコーリアス家が持ちます。また、貴族からの招待を無下にするのはおすすめいたしません。貴族を敵に回したいのであれば別ですが？」

貫禄《かんろく》ある仕立て屋のご主人に押し切られて、俺は正装用のタキシードと、貴族にしてはラフな服を仕立ててもらうことになった。さらに、他にもいくつか服の色合いの好みを聞かれて何着か用意するとのことだった。

仕立て屋の主人が立ち去るまで、一時間ほどで採寸作業が終わった。

「明日の朝にはランチ用の服をお届けします」

仕立て屋の爺《じい》さんが部屋を出ていくと、また扉がノックされる。

「今度は何？」

「夕食をお持ちしました」

「それは助かる！」

昼に戦闘を行ったので、食べ損ねた。今は腹が減っている。

「入らせていただいても？」

「えっ？　別にここで受け取れば良いのでは？」

「いえ、当ホテルのシェフが調理しながらご提供させていただきます」

「マジ？」

「はい。その際にはテーブルマナーの指導もいたします」

「はは……」

それから二時間かけて夕食のマナーを学びながら、ディナーを食べた。

正直言えば、美味《うま》い料理のはずなのに全然味を覚えていない。

ただ、ナイフとフォークは外側から使うことだけは覚えていた。

……コンコン。

「今度はなんだ？」

「失礼します、ソルト様」

そう言って入ってきたのはメイドさんだった。

「あの、あなたは？」

「お風呂係りの者です。お風呂の準備をさせていただきます」

「それは助かる！」

夕食とは違って、マナーは関係ない。水を張った桶《おけ》に、メイドさんが生み出した炎が放り込まれる。どうやら火属性の魔法でお湯を沸《わ》かすみたいだな。

なんでもいいさ。気持ち良い風呂に入ってもう寝たい。

「お風呂が沸きました」

「ありがとう。それじゃ……」

「いえ、お体を洗わせていただきます！」

「はっ？」

「それが仕事ですから！」

貴族の方々は、自分一人で風呂に入ることはないそうだ。

そのためホテル専用の風呂に入れてくれる洗体メイドが配置されている。

彼女はメイド服を脱ぎ去って、洗体用の水着⁉　姿になった。

プロローグ

白い肌に美しいプロポーションがさらされる。そこからは、プロの洗体術が披露《ひろう》された。

正直、めちゃくちゃ気持ちいい！　いや、変な意味ではなく、本当に心地よい。

王都を出てから風呂に入っていなかったので、相当に汚れていたらしい。

隅々まで丁寧に洗われて、汚れはスッキリした。

湯船に浸《つ》かっている間に、頭を洗ってもらい、肩のマッサージまでされて、至れり尽くせりだった。貴族様が泊まる高級宿はスゴイな。

「それでは失礼します」

体を拭かれて髪の毛を乾かすところまでがセットだった。高級なバスローブに身を包んで、あとは寝るだけだ。

「やべー、マジでベッドが気持ちよすぎる」

俺は三秒も持たずに眠りについた。

第一話　ラーナ・コーリアス

私、ラーナ・コーリアスは、家令《かれい》を務めるコーリアス伯爵家の領地を守るため、瘴気《しょうき》が溢《あふ》れる領内の視察を行っていました。

瘴気は恐ろしいもので、病の原因になり、水は腐り、大地は枯れてしまいます。

領民たちが少しでも豊かな生活を送るために、教会に聖属性を持つ方の派遣をお願いしておりますが、各地で瘴気が蔓延《まんえん》してしまっている現在では、なかなか教会も人手不足とのことで、良い返事をいただけておりません。

そんな折、視察を兼ねて各地で炊き出しを行って村々を巡っている際に、まさかワイトキングに出会うとは思いもしませんでした。

副団長であるクルシュが護衛の指揮を執《と》っていたこともあり、私を逃がすために、クルシュを残して立ち去らねばならなかったこと、自分だけコーリアスに帰ってきたことを悔やんでも悔やみきれずに涙が流れました。

報告を聞いて、すぐに団長であるフレイナが加勢に向かってくれたものの、クルシュの無属性では、死霊を相手にするのは厳しいでしょう。第四騎士団に犠牲を出してしまう。

彼女たちは私にとってかけがえのない存在であり、副団長のクルシュとは幼い頃からの知り合いです。

彼女を失うかもしれないという思いは、胸が張り裂けそうなほど辛いことなのです。

「どうか、神よ。クルシュをお守りください」

どうか、クルシュが生きてフレイナの救援が間に合いますように。今の私にできることは、ただ祈ることだけです……。

「ラーナ様！　クルシュが無事だと報告が！」

私は全身から力が抜けました。神様はおられるのですね。

「すぐに迎える準備をしましょう。それで？　クルシュはどうやって助かったのですか？」

「それが、男性の冒険者に助けられたということで……」

「なっ！」

私は報告を聞いて、固まりました。

第四騎士団は女性ばかりの騎士団です。

それは、私が男性恐怖症であり、幼い子供ならば耐えられますが、男性が無遠慮《ぶえんりょ》に私の体に浴びせる視線に対して、恐怖を感じてしまうからです。

「それは……わかりました。その方を出迎える準備を！」

「よろしいのですか？」

「もちろんです。クルシュの命の恩人を無下にするわけにはいきません！」

「かしこまりました」

私は体が震えるのを感じながらも、自らの体を抱きしめて、大切な仲間のために覚悟を決めました。

◇

私は十八歳の頃に、隣の領主であるアザマーン伯爵家に嫁ぎました。

昔から男性から無遠慮な視線を向けられることはありましたが、夫になられる方は温厚で、少しずつ距離を近づけていけば良いとおっしゃってくださいました。

年齢も私よりも五つほど上で、体が弱い方ではありましたが、この方とならば上手《うま》くやっていける、そんな思いで結婚をお受けしました。しかし、夫は結婚式の晩に倒れ、病を悪化させてしまい、三ヶ月の闘病を経て死別することになりました。

とても悲しく、この方ならばと思い始めていたのに……。夫のいない生活で、肩身の狭い思いをすることになりました。さらに、夫の弟であるユーダルス・アザマーンが伯爵家を継ぐことになり、私の男性恐怖症を悪化させる出来事が起きます。

義弟が私に対して、その欲望を向けるようになったのです。

昼間は無遠慮に体をジロジロと見て、夜には私の寝室に入ってこようとしたこともあります。幸《さいわ》い、フレイナが嫁ぎ先に同行してくれていたおかげで、守ってもらうことができました。

ユーダルスから受ける本能剝《む》き出《だ》しの視線は、私の心を恐怖に陥《おとしい》れ、実家に帰る決意をさせました。

一度は嫁いだ身でありながら、何もしないまま家に帰ることはできません。

王都で暮らす兄に代わって、家令の責任を引き受けることで働き、己の価値を示すことで、居場所をいただいております。

第四騎士団を結成したのも、私自身の事情と、同じように弱い立場である彼女たちを守るためでした。

騎士団を作ってから二年が経ちましたが、このままではいけないと私もわかっています。

私が男性恐怖症であるが故に、いつの間にか第四騎士団は男子禁制という決まりが出来上がっておりました。

彼女たちにも男性と交流する機会を与え、私自身も男性恐怖症を克服しなくてはならないのです。

第一騎士団は兄の護衛として王都に、第二騎士団は領境の街を警備しており、第三騎士団は、国境の警備をしています。それぞれ男性ばかりの騎士団です。

これまで、彼らの中から男性の団員を受け入れることを考えましたが、若い男性団員は女性ばかりの団と知るや態度を変え、下品な欲望を抱いて女性団員に悪さをしようとすることがありました。

それ以来、何度か男性との交流の機会を設けようとしましたが、彼らは私と目を合わせることなく、体ばかりを見つめてきます。

今回の事件も、その延長線上にあるのかもしれません。

もし男性の団員を受け入れていれば、彼女たちを危険に晒《さら》すことなく、もっと安全に過ごせていたかもしれない。

彼女たちを守る。それを意識していたはずなのに。私が男性に対して不信感を持っているが故に起こったことならば、私さえ男性を信じることができていればクルシュを置き去りにするという苦渋の選択をしなくてもよかったかもしれないのに。

「ラーナ様、クルシュと冒険者を乗せた馬車が到着します」

救出に向かったフレイナも戻ってきて状況の説明をしてくれました。私が逃げ出して、しばらくの間クルシュとメイがスケルトンと戦い、時間を稼いでくれました。

しかし、メイが傷を負ってもうダメだというところで、冒険者の男性が現れて救ってくれたそうです。しかも、単身でワイトキングを討伐までしたといいます。

「戦いの影響で意識を失っていたので話はしていませんが、命をかけて二人を救ってくれたようです」

フレイナの報告に、私はもう一度、自分の体を抱きしめて覚悟を決めます。

これまで騎士や貴族の男性たちと交流してきました。

彼らは、教育を受けた者たちです。そのような者たちですら、不躾《ぶしつけ》な視線を私に向けてきていました。

冒険者の男性は貴族とは違い、教育も受けておらず、粗暴《そぼう》な者が多いので、何を要求してくるのかわかりません。

しかし、私の大切な者たちを救ってくれた相手に、領主代行として礼を述べないわけにはいきません。覚悟を決めて、お礼を伝えるために騎士団を総動員しました。

「冒険者ソルト様。此度《こたび》は私を含め、団員の命を救っていただきありがとうございます。領主の妹で、家令を務めております、ラーナ・コーリアスです」

馬車から降りてきたのは、どこか冴《さ》えない感じの青年でした。騎士団が勢揃《せいぞろ》いしていることに、驚いているようです。

私は彼女たちに守られていると自分に言い聞かせて、冒険者ソルトに近づいていきました。しかし、距離が近づいていくにつれて違和感を覚えました。

いつもならば、そろそろ背中に嫌悪感が走り、自分の胸や顔、足に対して不躾な視線を感じるところです。

それなのに、彼は一度も私の胸を見ようとしませんでした。むしろ、近づいていく私の瞳をじっと見つめてきます。

その視線には、困ったような、緊張しているような、戸惑いを感じました。

話を始めても、一度も胸に視線を感じることなく、貴族に対する礼儀も完璧とは言えな

いまでも、十分に問題ない範囲でそつなく行ってくれました。

冒険者の粗暴さを感じることなく、冴えないと思った雰囲気には、私に恐怖を与えない優しさを感じます。

今までの冒険者とはまったく違い、私に対しても敬意を示してくれるのが感じられました。こんな紳士的な男性がいるなんて、信じられません。

死別した夫からも最初は欲望の視線を向けられました。しかし、私の事情を察して対応してくれたのです。

目の前の冒険者ソルトは、私が体勢を変える際にはそっと目を閉じて、礼を行う際や話をする時にはじっと瞳を見つめ、決して邪《よこしま》な視線を向けてきませんでした。

私の衝撃は思いの外大きく、これまでの人生で、彼ほど紳士的な男性に出会ったことはありません。

お恥ずかしい話ですが、私は容姿だけでなく、人よりも大きくて、目立つ胸をしています。大きな胸にコンプレックスを抱くほどでしたが、そんな私の悩みを全て理解してくれているような態度に、嬉《うれ》しく思いました。

「フレイナ、ソルト様の態度をどう思うかしら？」

メイにソルト様を高級宿でおもてなしするように案内してもらった後、私はフレイナと二人でソルト様について、話をすることにしました。

「そうですね。熟練とまではいかないかもしれませんが、貴族との接し方、そして女性への接し方に慣れておられるように感じます」

「そうですね。私は人生で初めてです、一番に胸を見なかった男性は……」

自分でも大きいと感じる胸のせいで、どれだけ嫌な思いをしてきたことか。

「はい。長年女性と暮らしてきて、色々と気遣いのやり方を知っておられるのかもしれません。私は女性にしては高身長であることがコンプレックスですが、ソルト殿は私と変わらない身長で視線を合わせて話をしてくれました」

やはり私だけでなく、フレイナにも気遣いを忘れていなかったのですね。

「クルシュが馬車の中で目覚めたソルト殿と話をしたそうです。今は男性お一人で旅をしているようなので、もしかしたら、ソルト殿も悲しい別れを経験されたのかもしれませんね」

私が夫を亡くしたように、ソルト様も、大事な女性と別れたのかもしれません。

大切な人を失う悲しみは、私もよく知っています。私も両親を失い、夫とも死別し、男性への恐怖から実家に戻りました。

家族は兄だけですが、兄は私に無関心で、それ以外の男性は恐怖の対象です。ソルト様のような紳士な方がいるのなら、その恐怖も克服できるかもしれません。

「フレイナ、第四騎士団も変革の時が来たのかもしれないわね」

「どういうことですか？」

「ソルト様を第四騎士団の回復術師として迎え入れたいと思うの」

「前にも男性団員を迎えようとしておられましたが、それをソルト殿に？」

「ええ、彼の紳士な態度なら、団員たちを託しても良いかもしれない。もちろん、すぐにではないわよ。私もまだ男性が怖い。それに団員たちがソルト様を受け入れなければ意味がないもの」

そう、これは私のためであり、また団員たちのため。ソルト様にコーリアスにいる間だけでも協力してくださるように願ってみましょう。

「ラーナ様がそこまで決心をなさっているなら、賛成です。クルシュの話では、高いレベルの回復術と、聖属性の魔法を使えるだけでなく、シーフとして高位の冒険者だと言っていました。私も彼のことをもう少し探ってみます」

「聖属性魔法？」

「はい。クルシュの話ではソルト殿は聖属性だそうです」

いくら教会に頼んでも送ってくれなかった聖属性の使い手が、冒険者としてやってきてくれました。

これは領主代行としても、ソルト様を手放すことはできなくなったわね。

彼の能力には疑いの余地はありません。

「私自身のために、ソルト様とお近づきになる必要がありそうね」

覚悟を決めながらも、私の体は震えていました。

◇

こちらの都合を押し付ける形になってしまいましたが、本日はソルト様をお招きして、ランチを共にすることにしました。もしかしたら、初日だけが紳士な振る舞いで、本当は違うのかもしれません。

その場合は、一定の距離を取りながらも、聖属性の力には頼らせてもらいます。領主代行としての計算が働く程度には、貴族としての心構えはできるようになりました。

ただ、やはり二人きりで会うことは恐ろしく、フレイナとクルシュにも同席してもらいました。

事前にソルト様が、コーリアスで活動することを知りました。

滞在の意思があることがわかったおかげで、彼に仕事を依頼しやすいと判断できます。

ローズガーデンと言われる自慢の庭でお茶をしながら待っていると、メイがソルト様を連れてやってきました。

冒険者風の格好とは違い、整えられた身なりをしたソルト様は、昨日の冴えない冒険者ではなく、清潔感があり、優しそうな雰囲気を漂わせた青年でした。

どこかの貴族家出身かと思わせるような佇《たたず》まいで、どこかで高度な教育を受けたのではないかと問いかけたいほどでした。

「本日はお招きいただきありがとうございます。こういう場に慣れていませんので、無礼がありましたらお許しください」

彼は己の未熟さを先に挨拶で告げることで、こちらの気持ちを軽くしてくれます。

それなのに一挙手一投足は優雅で、決して私たち三人に不躾な視線を向けることはありませんでした。常に誰かに視線を合わせるか、目を閉じておられます。

その振る舞いは、女性への気遣いが窺《うかが》えるもので、相変わらずの紳士な振る舞いに、正装を加えたことで、さらにカッコよさが際立っていました。

ランチをしながらソルト様の話を聞けば、幼い頃に魔物に村を襲われて、幼馴染《おさなじ》みの女性二人と冒険者をしていたと言います。

それで、女性への対応に慣れておられるのですね。

「慣れているのかわかりませんが、二人から、女性は視線に敏感だから、不躾な視線を向けちゃダメだと教えられました。はは、情けない兄貴分です」

とても仲の良い幼馴染みさんたちだったのですね。彼は二人のことを語る際に嬉しそうな表情を見せました。

「ソルト様、コーリアスに滞在している間で構いません、第四騎士団と交流を持ってはいただけませんか?」

「交流ですか?」

「はい。ソルト様を信頼できると判断して、どうか第四騎士団専属の回復術師になっていただけないでしょうか？」

「はっ？　第四騎士団専属ですか？　コーリアス領のではなく？」

「はい。現在のコーリアス領は、瘴気が蔓延しており、どこも危険な状態です。聖属性であるソルト様には、第四騎士団の回復術師として、彼女たちに何かあった際には、治療をお願いしたいのです。もちろん、お給料はしっかりお支払いします。さらに、第四騎士団は女性ばかりです。間違いが起きたとしても、ソルト様を責めることはいたしません」

「えっ？　間違いを責めない？　どういうことですか？」

これは最終試験です。ほぼほぼ合格は間違いないですが、最後の一パーセントを確認するための問いかけでした。

警戒心が強いと言われるかもしれませんが、私のトラウマはそれほど根深いのです。それでも信じたい。ソルト様がどう応えるのかを。

「そのままの意味です。私直轄の第四騎士団の子たちに手を出す権限を与えます」

「それはダメでしょ！　彼女たちにだって相手を選ぶ権利はあるんですから？」

この方はどこまでも紳士なのですね。自分が評価されているとか、美味《おい》しい話だと飛びつくことなく、冷静に状況を分析し、相手を気遣って怒れる方なのです。

ふふ、どこまでも私の期待を超えてくるのですね。わかりました。

絶対に、あなたを回復術師として迎え入れてみせます。

第二話　第四騎士団の助っ人回復術師

ラーナ様から奇妙な誘《さそ》いを受けた。

第四騎士団の回復術師になって、しかもどの子にも手を出して良いという。

貴族様の考えていることはわからないが、ついカッとなって怒ってしまった。

何をしているんだろうな。それだけ俺を信頼してくれたということなのに、俺は騎士団員を物のように扱っていると勘違いしてしまった。

その後は、フレイナ様が取り成してくれて、騎士団の回復術師として働く話は流れたが、本当は惜しいことをしたと思っている。

俺だって、美少女や美女ばかりの騎士団の専属ヒーラーになって、しかも領主代行様のお墨付きでセクハラをやりたい放題とか言われたら、食いつきたくもなるんだ。

でも、絶対に裏があると思うんだよな。残念ながら、貴族ってのは腹の探り合いで、きっとこちらの様子を窺《うかが》いながら、ラーナ様も何かを企《たくら》んでいると思うんだよ。

「ハァ、メチャクチャ惜しいことをしたよな！　俺の馬鹿野郎。こういうところが前世からモテない所以《ゆえん》だってのに、本当にダメすぎる」

高級宿に戻ってきた俺は、ベッドでゴロゴロしながら、自分がやっちまったことを何度も思い出しては、もっと上手《うま》い受け答えができただろうと後悔するばかりだ。

ラーナ様は俺が怒ったことに対して怒ることなく、返事は一週間後で良いと猶予を与えられた。

年下の女性なのに、余裕があって、俺は本当に何してんだか。ただ、俺としてはあまりにも美味《おい》しい話なので、警戒してしまう。

アーシャが騎士団にスカウトされたのとは状況が違うよな。

今回は、俺が騎士団員を助けたことがきっかけで、お礼として安定職を与えようとしてくれている？　俺にだって安定職に就きたい願望はある。

冒険者なんて危険な仕事は早々にリタイヤしてしまった方がいい。

ソロになったことで、危険が増えていることは否めない。

今回の誘いは、女性ばかりの騎士団ということが、どうしても気になってしまう。

俺は聖属性なので、癒《ゆ》属性に比べれば、回復させる力は弱い。

瘴気《しょうき》が蔓延《まんえん》している間は、貴重な存在として重用されるが、瘴気がなくなればお払い箱だ。

冒険者をしていれば、瘴気が蔓延する地を巡ることができる。多少は現世の記憶が蘇《よみがえ》ってきたことで、人間関係の構造は理解しているつもりだ。

聖属性が珍しいと言ってもいないわけじゃない。

基本的に聖属性は教会の管轄下に入ることが多い。

十三属性の中で貴重な存在であり、教会としても死属性に対抗できる存在を囲い込んでおきたいんだろうな。

ただ、俺一人が教会に入ってアーシャとシンシアを見捨てることが、俺にはできなかった。冒険者なら、自由に二人を守りながら行動できた。だから、俺は冒険者を選んだ。


……コンコン。

今後の方針について考えていると、扉がノックされた。

昨日と同じように夕食だろうか？　気がつけば、窓の外は日が傾き、夕方になっていた。

どうやら、宿に戻って考え事をしている間に、時間が過ぎてしまったようだ。

また、ルームサービスだろうか？　昨日ほどは疲れていないので、流されはしないと思うが……。

「ソルト殿、フレイナ・アルバンだ。第四騎士団団長の」

「えっ⁉　フレイナ・アルバン様！」

俺は急いで扉を開いた。ランチの時のような騎士団の制服ではなく、パンツにシャツという楽なスタイルのフレイナ様が扉の前に立っていた。

「先ほど別れたばかりだが、よろしいだろうか？」

「ええ、中に入られますか？」

「いや、そこまで無警戒ではないのでな。これから夜になるというのに、男性の部屋に入ることは控えておくよ」

「あっ！　それは気がつかないで、すみません」

俺は着替えもしてない格好だったので、ランチに行ったままの正装だ。汚したくはないが、フレイナ様と外を歩くような服は持っていないので、このまま出ていくことにした。

「どこに行かれますか？」

「あまり外を出歩いて、団員に見つかって揶揄《やゆ》されるのも困るのでな。この宿のラウンジでもいいだろうか？」

「もちろんです」

俺たちは連れ立って、宿のラウンジへ向かった。

最上階のラウンジは、街の明かりが見える程度の高さがある。

「綺麗《きれい》ですね」

「ふっ、ありがとう。あなたから言われると不思議と嫌な気分がしないよ」

夜景を褒めたつもりだったが、どうやら勘違いされてしまったようだ。

まぁ、ラフな格好ではあるが、実際にフレイナ様は美しい。

赤い髪は短く切《き》り揃《そろ》えられていて、女性らしさの中に凛々《りり》しいカッコ良さすらも兼ね備えている。

「アルバン様は、こちらにはよく来られるんですか？」

「たまにだね。団員を連れ回すことができないので、一人で酒を楽しみたくなった時だけだ。それよりもアルバンと呼ばれるのは慣れていなくてね。良ければフレイナと呼んでほしい」

「よろしいのですか？　まぁ俺は家名を持たないので、ソルトですが。良ければ呼び捨てにしてください」

「はは、ありがとう。ならば、ソルトと呼ばせてもらうよ。私のこともフレイナと呼び捨てにしてくれ」

「それではこの酒の席でだけ。フレイナ、よろしく」

「ああ、気楽でいいな。ソルトも楽にしてくれ」

友人と酒を飲む、そんな雰囲気を作り出してくれたフレイナ。自分の行きつけである場所に、俺を誘ってくれたのは嬉《うれ》しいが、気を許しすぎではないだろうか？

「改めて、貴殿にはお礼を言う。団員を救っていただき感謝する」

「それはラーナ・コーリアス様から何度も言われましたよ」

「それほど感謝しているということだよ」

「はは、タイミングよく駆けつけられてよかったです」

俺はフレイナを見ないようにして、出された酒に口をつける。

緊張しながらではあったが、ランチを食べていたおかげで腹が満たされていてよかった。

あまり酒は強くないので、酒のアルコールを、聖属性で浄化しながら飲んでいれば問題ないだろう。

「ほう、ソルトはイケる口か？」

俺が一気に飲み干して、浄化の効果が発揮できているのか確かめていると、隣から嬉しそうな声が響いた。

「ええまぁ、酒なら何杯飲んでも酔いません（浄化しているので）」

「本当か⁉　私は結構な酒豪でな。飲み比べをしてくれる相手を求めていたんだ」

本当に酒が好きなんだろう。キラキラした瞳で言われてしまうと断るのも悪いと思ってしまう。

「飲み比べですか？　もちろん構いませんよ」

「ふふ、先に言っておくが、私は飲み比べで負けたことはないぞ」

「そうなんですか？　まぁ適当におつきあいさせていただきます」

「久しぶりだよ。皆、最近は誘っても一緒に飲んでくれなかったんだ」

あっ！　さっきは一人で来ているとカッコ良いことを言っていたが、本当は誰も酒豪であるフレイナと飲みたくなかったのかな？　浄化しながら飲むから酔わないだけなんだけど、コーリアスにいる間なら、付き合ってあげてもいいかな。

「今日はとことん付き合いますよ」

「嬉しいことを言ってくれる！　ならば、今日は私の奢《おご》りだから、飲み明かそう！」

何時間、飲み続けていたのかわからない。日付が変わる時間まで飲み続けているのは確かだ。店には完全に我々しかいなくなった。

「キィているのか～ソルおー。ラーナサマは君を褒めていたんだ～」

完全に呂律《ろれつ》が回っていないフレイナが出来上がってしまった。

話のほとんどは、ラーナ様のことで、彼女が男性恐怖症が故に第四騎士団は女性ばかりなのだそうだ。俺が疑問に思っていた女性ばかりの騎士団の理由が、ラーナ様にあったことを知ることになった。

「ええ。聞いていますよ」

「キミは～ほんとに～凄いな、酒で初めて負けたよ～」

そのまま倒れるように眠ってしまったフレイナ。美しく、高身長で、大きな胸と引き締まった腰が際立つ姿。どこまでも無防備な態度に、少々嬉しい気持ちを抱いたが、ここで手を出してしまえば、今後の仕事に支障が出てしまうだろう。

俺は宿の者に空《あ》き部屋《べや》がないか問いかけた。

「申し訳ありません。もうすぐコーリアス領で収穫祭が開かれるので、商人たちの滞在で部屋はすべて埋まっております」

「はぁ……わかった。洗体係は、この時間でも大丈夫なのか？」

「もちろんです。部屋へ向かわせましょう」

フロントマンにお願いして、女性用の寝巻きと着替え、そして風呂に入れてくれる洗体メイドを二人ほど呼んでもらった。

フレイナ殿は身長が高いので、二人いなくては難しいだろう。

「部屋までは俺が連れて行こう」

「よろしいのですか？」

「ああ」

これも役得だろう。フレイナをお姫様抱っこして抱き上げ、部屋の扉を宿の者に開けてもらう。

俺が使っていたベッドにフレイナを寝かせ、後は洗体メイドたちに任せることにした。

未婚の女性が無防備に着替えたり風呂に入ったりするのに、男の俺がいるわけにはいかない。俺は部屋を出た。

そのままフロントに向かい、ソファーを借りることにした。

さすがに同じ部屋で寝て、変な噂《うわさ》が立ってはフレイナに申し訳ない。せっかくのフカフカベッドに寝る機会を一度失ってしまったが、仕方ないだろう。

「お客様は、紳士的なのですね」

「ただのヘタレですよ」

宿の者にお辞儀《じぎ》をされ、俺はソファーで眠りについた。

◇

目が覚めた俺は、フロントのソファーで寝たことを思い出した。

フカフカのベッドというわけではないが、野宿で固い地面で眠るよりかは、屋根があり柔らかなソファーの上で眠れただけマシだな。

昨日は、フレイナとサシで酒を飲み交わした。そのおかげで、コーリアス領のことやラーナ様、そしてフレイナ自身のことを知ってしまった。

酒が入ると人の口は軽くなるというが、身の上話を聞くことになるとは思いもしなかった。

彼女たちは幼い頃から共に成長してきた。

ラーナ様は女性らしいプロポーションを、フレイナは女性としては高い身長を手に入れてしまった。

それらによって、心無い男たちから気遣いのない視線や言葉を浴びせられてきた。

ラーナ様の護衛になった経緯も、フレイナの父がコーリアス伯爵領で騎士爵を授かっていて、子供の頃から男性に交じって剣術を習い、指導を受けていたことに由来する。

年齢を重ねるごとに、剣術を共に習っていた男たちから卑しい視線を向けられて悩まされるようになり、ある時、自分よりも上位の騎士数名に捕まって襲われそうになり、男性に不信感を抱くようになったという。

当時のフレイナは未熟で、必死に抵抗していたが、父が近くを通りかかって助けてくれなければ手籠《てご》めにされていただろうと体を震わせていた。

他にも、騎士団の女性たちは様々な悩みを抱えており、それをラーナ様に救われた者たちだという。

ラーナ様自身が抱える男性恐怖症は、フレイナにも共通する心の傷になっているのだ。

ラーナ様が騎士団を作る際、フレイナは剣術の才能と昔からラーナ様の護衛を務めていた実績を買われ、団長に任命された。

ラーナ様にとってフレイナは信頼に足る人物なのだろう。

フレイナ自身も、団長という責任を感じ、自分の心を強く保ち、恐怖に打ち勝つ姿勢を示している。

酒に誘われたことで、フレイナの心に触れることができた。

俺がラーナ様に対して抱いていた疑念にも答えが出た。ラーナ様は気丈に振る舞いながらも、男性である俺が怖かったのだろう。

貴族だから腹の探り合いをしていると思っていたことを恥じたい。むしろ、ラーナ様は俺を、彼女の男性恐怖症を克服するための一歩にしようとしてくれていたのだ。

フレイナは、団員を守るという責任感を持つことで、これまで以上に武術や属性魔法に磨きをかけてきた。次第に強くなるごとに、男たちから向けられる視線を撥ね除《の》けられるようになっていったという。

「ソルト殿」

昨日とは違う服を着た美しい女性がこちらに向かってくる。

酒の席ではお互いに呼び捨てにしようと言っていたが、人前では「殿」をつけるようだ。

「フレイナ様、おはようございます」

「うむ……その、なんだ。昨日は迷惑をかけたな」

顔を赤くして、恥ずかしそうにしているフレイナは、クルシュやラーナとはまた違った魅力を持っている。

「いえ、フレイナ様と親交が深められて嬉しい限りです」

「からかうな。それよりも、フロントマンに聞いたぞ」

「えっ？」

「私を抱き上げて、部屋まで運んでくれたそうじゃないか？　しかも、ベッドに寝かせた後はメイドに全て任せて部屋を出たと」

どうやら宿の者たちが、俺にアリバイがあることを証明してくれたようだ。

「はい！　ですから、私は何もしていません。清廉潔白《せいれんけっぱく》です」

「そういう意味ではない。どこまでも紳士的な態度だと思ったのだ」

「そんなことはないですよ」

「私の完敗だ」

フレイナはとても良い笑顔を見せた。

酒を飲ませて本性を曝《さら》け出《だ》させようとする魂胆があったのかもしれないが、逆に彼女が自らの過去をすべて話してくれる結果になってしまった。しかし、これで俺も決心がついた。

「ソルト殿！」

「はい？」

「あなたが用意してくれた服だと聞いた。どうなのだ？」

そう言って、高身長のフレイナがワンピースを着て、ひらりと回る。

「とてもお綺麗です」

素直に聞かれたことに答えると、フレイナの頬が赤く染まった。

酒の席でもそうだったが、フレイナは素直な言葉に慣れていないのだろう。

「騎士団の制服も素敵ですが、今日は一段と可愛《かわい》いです。良ければ朝食を一緒に食べていただけませんか？」

悪ノリしているのは自覚しているが、俺の言葉に対するフレイナの反応が本当に可愛らしかった。

真《ま》っ赤《か》だった顔はさらに赤く染まり、綺麗だと伝えた時よりも嬉しそうに顔をほころばせた。どうやら、可愛いと言われる方が嬉しいらしい。

「わっ、私で良ければ……」

「ありがとうございます」

恥ずかしいのか、顔を下に向けているフレイナの姿も可愛いと思うが、それを口にすれば逃げ出してしまいそうなので、これ以上は何も言わない。

ただ、今のフレイナ様の態度を見られるのは、俺だけの特権のように思える。

「用意した服、寒くはないですか？」

肩が露出して、胸元も開いている。もしかしたら寒いかと思い、俺は来ていた上着をそっと彼女の肩にかけた。

「あっ、ありがとう」

「いえ、気遣いが遅れて申し訳ありません。フレイナ様と朝食をいただけるという名誉をいただいたのに、不甲斐《ふがい》ない」

「くっ！」

なぜか、奥歯を噛《か》み締《し》めるような声を上げるフレイナ。あまり変なことを言うべきではなかった、自分でもキザだったと反省してしまう。

「行きましょう」

「ああ」

フレイナが一歩を踏み出そうとして、倒れそうになる。ヒールに慣れていないのだろう。

俺はそっと彼女の腰を支え、手を握る。

「すっ、すまない。慣れない靴だったもので……」

「いえ、エスコートさせていただいても？」

「あっ、ああ。任せる」

俺はフレイナの手を取り、彼女のペースに合わせて歩き出す。

先ほどから顔を赤くして俯《うつむ》いたフレイナを見ないようにして、慎重にエスコートする。

正直なことを言えば、物凄《ものすご》く恥ずかしい。

こんなにも綺麗なフレイナの隣を歩けるほどの器量を、俺は持ち合わせていないのだ。

もっと気楽な居酒屋で、酒を飲みながら馬鹿笑いをするくらいの方が性に合っている。

しかし、俺が考え事をしていたせいだろうか。

「あっ」

フレイナが再び転倒しそうになり、支えきれないまま、俺は彼女を抱きしめてしまった。

「おっと、すみません。手を差し伸べるのが遅れてしまいました」

くっ！　フレイナの胸が……ラーナ様ほどではないが、かなりの大きさの柔らかい感触が俺に当たる。

「いっ、いや、こちらこそ二度もすまない。ありがとう」

ドキドキが止まらない。いや、これはフレイナのドキドキか？　ゆっくりと離れていく柔らかな感触が名残惜《なごりお》しいが、気がつけば手に大量の汗を感じる。

自分の手汗だと思っていたが、フレイナも緊張していたのかな？　そう思うと少しだけ嬉しい。フレイナとの朝食は緊張の連続だった。

ホテルの人が用意してくれた服が、フリフリのワンピースだとは思わなくて、それを着て現れたフレイナはメチャクチャ美人なのに、可愛らしさもあって、なんだか守ってあげたくなるような感じだったな。

汚してはいけない気がして、いつもより張り切って紳士を装ってしまった。

食べている間は、会話が弾んだようには感じないから情けない。

柄にもないことをしたと思うが、フロントのソファーで寝て体が痛かったのも原因だな。胸を張っていないと首が物凄く痛い。フレイナもどこか硬い感じだったから、ベッドで寝て体が痛くなったのかも。

彼女を送って部屋に戻ると、女性の匂いがして、フレイナの姿を思い出してしまう。

ドキドキしながら、自分の首を治すために回復魔法をかけた。

◇

フレイナに事情を聞いた手前、断ることもできなくて、俺は第四騎士団の臨時回復術師として雇われることになった。ただ、女性ばかりの騎士団の医務室は、今日も静まり返っていた。

騎士団員たちも、女性ばかりの騎士団で、男の俺が回復術師として働くことになったことに戸惑いを感じているようだ。

今のところ俺のところに診察を受けに来る者はフレイナ、クルシュ、メイの三人だけだ。

なので、誰も来ないと言ってもいいほど静かな時間が流れているので、お茶を飲むのが楽しみになってきた。

仕事をしなくても医務室にいるだけで給料は出るのだが、給料泥棒をしている気分になるので、仕事をさせてほしいと思ってしまう。

娯楽でもあれば、気分転換ができるのだろうが、あいにくスマホもネットもテレビも存在しない。

窓から差し込む日差しが、床に淡い光を落としているだけだ。

「そりゃそうだよな……」

俺は小さくため息をつき、机の上に置かれた書類を片手に、もう一度団員たちのプロフィールを確認する。回復術師としての業務は、団員の体調管理と、衛生管理だ。

一応、それ以外にも貯蔵している薬草の在庫管理、傷病者のリストチェックなどもあるが、誰も来ないので、薬草が減ることも、傷病者として寝ている者もいない。

希望されて配属されたのだが、前世と変わらない人生なのだ。

特に目立った成果を上げたことなんて一度もない。何かを成し遂げてはいない。

転生してこの世界に来たけれど、俺が急に変わるわけでもなく、やっぱり冒険者を続けていた方がよかったかもな。

「ラーナ様やフレイナ様が決めたことだから、団員たちも表立っては反発しないけど、内心ではな」

思い出されるのは、俺がここに配属された初日、団員たちの冷ややかな視線だ。無理もない。女ばかりの騎士団に、俺みたいな男がぽつんと一人入ったわけだ。

彼女たちからすれば不信感しかないだろうな。騎士としての強い誇りを持ってるだろうし、外部の人間で、特に男を受け入れることには抵抗があるのだろう。

それでも俺がここにいるのは、クルシュやメイを救ったという恩があるからだ。

あの時、彼女たちが死霊術師に襲われていたところを助けただけでなく、メイの命を救ったことで、ラーナ様が恩義を感じてくれている。

ただ、俺がここにいて、誰かの役に立てるのか……。それは自信がないな。

「はぁ……」

また、ため息が漏れる。窓の外を見ると、騎士たちが訓練場で剣を交えているのが見えた。

俺も何度かあの場に足を運んでみたが、誰も話しかけてくることはなかった。

あの時も、彼女たちの視線は冷たく、どこか避けられているような気がした。

「まぁ、仕方ないか……」

そう呟《つぶや》いて、椅子に深く座り直した。

誰も受診に来ないのなら、俺にできることは少ない。

医務室の掃除や、薬草の管理、備品の確認くらいだ。と、その時、扉がノックされた。

「ん？　誰か来たのか？」

俺は驚き、少し緊張しながら扉の方を見た。

誰も来ないと思っていたが、もしかしてやっと誰かが……？　扉が開かれ、姿を現したのはフレイナだった。

やっぱりこの医務室に来るのは、いつものメンバーだけだ。

「ソルト殿、少し頼みがある。ついてきてくれ」

「え？　俺に？」

彼女の言葉に少し戸惑いながらも、俺は立ち上がり、彼女の後を追った。

頼みごとがあるなんて珍しい。

フレイナについていくと、そこには第四騎士団の数名が集まっていた。しかも俺に冷ややかな目を向ける集団で、一番お近づきになるのが難しそうなメンバーだった。

「現在、コーリアス領は、瘴気が溢《あふ》れ、民が苦しんでいる。貴殿らには定期的に魔物の討伐を依頼しているな！」

「はっ！」

フレイナの声に、騎士団員たちが元気よく返事をする。

その迫力に圧倒されてしまうが、フレイナのカリスマ性が窺える。

「此度《こたび》は領都周辺の巡回だ。気を引き締めて魔物討伐に向かってほしい」

「はっ！」

「また、何かあれば、聖属性であり、回復術を使えるソルト殿を頼りにしてくれ」

「えっ？」

それまで小気味よく返事をしていた騎士団員たちが、疑念を口にした。

「どうした？　何か問題でもあるか？」

「いえ！」

団員がフレイナの言葉に返事をすると、フレイナは納得したように頷《うなず》いた。

「それでは日没までに魔物を狩り尽くすぞ！　皆の者、出陣だ！」

「はっ！」

騎士団員たちが一斉に飛び出していく光景は、連携が取れていて素晴らしかった。

「そういうことだ。ソルト殿、彼女たちの支援を頼む。此度の巡回の指揮は私が執《と》る。大事には至らぬと思うが、協力を要請する」

「えっと、わかりました」

騎士団内の小規模な討伐任務に俺を同行させるということだった。

フレイナの後に続いて、騎士団の訓練場を通り抜け、外の広場に出ると、そこには何人かの団員たちが集まっていた。

彼女たちはそれぞれ武器を手にして準備を調《ととの》え、討伐任務のための最終確認をしていた。

俺が近づくと、ちらりと視線を向けられた。

その瞬間、彼女たちの表情が微《かす》かに険しくなるのがわかる。

「あれが、回復術師の男か」

「何で男が来るんだ？」

「ラーナ様が決めたんだろうけど……」

声こそ小さいが、俺の耳にははっきりと届いた。

正直、予想していた反応だ。やはり、彼女たちの中には俺に対して疑念を持っている者が多い。

仕方ない。俺だって自分に自信がないし、さらにここでは求められていない男であることも、この状況ではマイナスだ。

「ソルトさん、大丈夫なのです！」

明るい声が背後から聞こえ、肩を軽く叩《たた》かれた。

振り返ると、そこには笑顔のメイがいた。栗色《くりいろ》の髪に、ロケットを思わせる突き出た胸が小柄で幼い印象を受ける顔立ちとのアンバランスさを強調している。

彼女はあざとい仕草で俺を元気づけるように、ニコニコと微笑《ほほえ》んでいた。

「ありがとう、メイ。でも、俺がここにいて大丈夫なのか、ちょっと不安だよ……」

「何を言っているんですか！　ソルトさんは私の命の恩人なのです！　皆だってすぐにわかるはずです！」

「そうだといいんだけど……」

俺がそう言うと、メイは両手を腰に当てて、突き出た胸をさらに張った。

「それに、ラーナ様とフレイナ団長が決めたことなのです！　ソルトさんがいるから私たちはもっと強くなれるのです！　だから自信を持つのです！」

そのあざとい語尾に、思わず笑みがこぼれる。正直、俺のことをそこまで肯定してくれるのはありがたい。

だが、俺に対する他の団員たちの視線は依然として厳しいままだ。

「よし、みんな、出発の準備はいいか？」

フレイナが団員たちに声をかける。集まっていた騎士たちが一斉に彼女の指示に従い、討伐任務に向けて移動を始めた。

俺もその流れに加わり、後ろからついていく。

メイはすぐ隣で、いつもの明るさで元気づけてくれる。

「ソルトさんがいてくれて心強いのです！　今日は一緒に頑張るのです！」

「ありがとう、メイ。俺は回復が仕事だからな。護衛されるって変な気分だけど、よろしく頼む」

「はいなのです！　私は頑張って護衛するのです！」

彼女の笑顔に、思わず苦笑いしてしまう。

護衛と言われても、正直、俺はそこまで重要な存在じゃない。だけど、こうして命の恩人だと慕ってくれるメイに護衛されるのは、少しだけ嬉しい。

誰かに構ってもらって嬉しいとか、泣けてくるけどな。

討伐隊がしばらく進んでいくと、討伐対象である魔物の生息地が近づいてきた。

瘴気が濃くなり始めて、空気が濁っている。

俺はできるだけ浄化が行えるように、メイと自分の周りだけ、小規模の聖属性バリアを張っておいた。場所は湿地帯で、腐臭が漂っている。

「ここが目的地なのです！　魔物がよく出るっていう情報があったのです！」

メイが前に出て、周囲を見回す。騎士団の団員たちも警戒を強め、武器を構えた。

「ソルト殿、後ろに下がっていろ」

フレイナが俺に命じた。俺はその言葉に従い、メイと共に後ろに下がる。

戦闘に参加するのは自分の役目じゃない。俺は後方で回復の準備をするだけだ。

だが、その時、突然濃い霧が立ちこめた。辺り一帯が薄暗くなり、視界が遮《さえぎ》られる。

霧の中から低いうなり声が聞こえ、何かがこちらに近づいてきているのがわかる。

「毒霧だ！　気をつけろ！」

先頭を行くフレイナが叫んだ。毒霧が急速に広がり、俺の周りにも充満してくる。

すでに聖属性のバリアを張っているので問題ない。

俺の横で必死に息を止めて口を塞ぐメイの姿は可愛い。だけど、そのままでは護衛もできないので、俺は彼女の耳元でバリアを張っていることを告げた。

「ぬふー！　もっと早く教えてほしいのです！　それにしてもこれはちょっと厄介《やっかい》なのです！」

メイが鼻から手を離して言葉を発する。彼女の表情はいつもの明るさとは違い、少し緊張しているようだった。

俺も一瞬戸惑ったが、ここで役に立たないとますます信用を失うだろう。

「《ピュリファイ》！」

俺は聖属性の浄化魔法を唱えた。

毒の霧が少しずつ薄れ、周囲の空気が浄化されていく。

だが、毒霧は思った以上に濃く、完全に浄化しきるには時間がかかりそうだ。その時、前線で戦っていた団員の一人が倒れた。

「フレイナ団長！」

「ソルト殿！　来てくれ！」

団員が倒れたことがフレイナに報告され、俺が呼ばれる。

すでに毒消しの薬草は飲んでいるようだが、先ほど確認した通り毒の濃度が濃い。毒消しの効果が発揮されていない。

「うっ！　苦しい！」

苦しむ団員は一人ではない。毒霧を浴びた半数が倒れていく。

「頼む、ソルト殿、すぐに治療してやってくれ！」

フレイナから指示が出る。俺は素早く前に出て、倒れている団員のもとへ駆け寄った。

彼女たちの顔色は青白く、呼吸も荒い。毒にやられたのは間違いない。

「《キュアヒール》！　《エリアキュアヒール》！」

俺は魔力のことなど考えず、彼女たちを侵す毒を浄化していく。周辺の毒は完全に消えていない。

「《ピュリファイ》！」

半数が身動きが取れないほどの毒に侵されていたが、なんとか持ち直した。

再び浄化魔法を使い、毒を体から取り除いていく。すると、団員の呼吸が少しずつ整い、顔色が回復してきた。

「助かった……ありがとう……」

目の前で倒れていた団員がかすれた声で礼を言う。

俺はほっとしたが、戦闘はまだ終わっていない。

霧の向こうに、何か大きな魔物の影が見えた。

「来るぞ！」

フレイナが叫び、巨大な蛇のような魔物が霧の中から姿を現した。

体をユラユラと揺らして、口から粘液と毒霧を発生させているのが明らかだった。

「この蛇が毒の原因か……！」

瘴気に侵されたことで変異してしまったのだろう。巨大な毒蛇が生み出す毒霧が、周辺の魔物を変異させていたんだ。

俺は状況を理解した。この魔物を倒さない限り毒の霧は消えない。しかし、その蛇の巨体は、圧倒的な威圧感を放っていた。

「奴《やつ》を仕留めるぞ！　私が前衛で引きつけるから、後ろから援護してくれ！」

フレイナが団員に指示を飛ばして戦闘に入る。

彼女は炎を纏《まと》い、剣を構え、前方に飛び出した。その素早い動きに感心しつつも、後方から団員たちが支援をするが、毒蛇に攻撃が効いていない。

むしろ、ガスが充満しているところで火を使ったせいで、爆発が起きた。

「なっ！」

距離を取っていたこともあり、俺やメイは無事だったが、数名の団員が吹き飛ばされた。

「メイ！」

「はいなのです！」

俺が名前を呼ぶと、怪我《けが》をした者たちをメイが後方に下がらせる。

その間に、俺は傷を治す応急処置だけを行い、大怪我を負った者たちを救出する。

「ガハッ！」

フレイナが上空から落ちてきた。彼女は、一番近くで爆発を受けた被害者だ。もしも魔力で体を強化していなければ、即死していてもおかしくない。

「フレイナ！　意識はあるか？」

俺の呼びかけに、フレイナが首を縦に振る。全身の三十パーセントに火傷を負っている。

すぐに回復魔法をかけていくが、どうしても時間がかかる。

「メイ、フレイナの治療には時間がかかる。もう少しだけ時間を稼いでくれ」

「わかったのです！　任せてほしいのです！」

メイは俺の頼みを快く承諾してくれた。無理を言っていることはわかっている。メイは戦闘面では期待できない存在だとクルシュが言っていた。

だが、今のフレイナを戦場に向かわせるわけにはいかない。

どうにか時間を稼いでくれれば……。

「《ウィンド》！」

メイは風属性だったようだ。特別凄い訳ではないが、風を起こして、毒の霧を吹き飛ばしていく。

メイの行動が団員たちのヒントになったのか、動ける者たちがメイの援護に回ってくれた。

「よし！」

その稼いでくれた時間で、フレイナの治療はほとんど終わらせることができた。

見た目も、綺麗なフレイナに戻ってくれた。

「ソルト殿」

「後は、任せてくれ。毒や死は、聖属性の管轄だ」

フレイナを寝かせて、俺はゆっくりと立ち上がる。

「メイ！　お前は凄いな。ちゃんと仕事をしてくれた」

「当たり前なのです！　私も第四騎士団の一員なのです！」

「ああ、そうだな。ここからは俺の仕事だ」

俺は浄化魔法を発動して、自分の周りにバリアを張った。毒を飛ばしてこちらを牽制《けんせい》する毒蛇に近づいていく。

「ソルトさん？」

メイの声が聞こえてきたが、関係ない。俺が近づいていくと、毒蛇はその場で大きく膨らみ、次の瞬間、大量の毒霧を噴き出してきた。

「《ピュリファイ》！」

毒霧と毒蛇の全てに浄化魔法をかける。毒霧は一瞬で清められていった。

「凄い！」

団員の誰かから漏れた声に背中を押される。凄くなんてないさ。

危険を顧《かえり》みることなく、先頭で戦い続けたフレイナに比べれば、俺なんて属性に頼っただけの情けない男だよ。

毒蛇は不利と感じたのか、大きく跳躍《ちょうやく》した。

「くっ……！」

倒れているフレイナや怪我人のもとへ向かう姿を見て、俺は一瞬気持ちを爆発させる。

「お前は、弱い者しか狙えないのか⁉」

聖属性の浄化の力は、毒であろうと、死であろうと清めてしまう。

「フレイナ！」

俺は聖属性の魔力を込めて《ホーリークロス》を唱えた。

空中を跳躍している巨大な毒蛇がフレイナに襲いかかり、倒れている彼女に噛みついた。

その瞬間、俺のホーリークロスの力で浄化されて、その体は小さくなっていく。

「《セイクリッドクロス》！」

俺は強力な浄化魔法を発動し、毒蛇を完全に消滅させた。

同じように力を取り戻されてしまうのは厄介だからだ。

「やったのです！」

メイが勝鬨《かちどき》を上げる。だが、その直後、フレイナの容態が急変した。

毒蛇に噛まれた肩から血を流していた。

「フレイナ！」

俺はすぐに彼女に駆け寄って、フレイナの傷口を噛んで毒蛇の牙を取り除く。さらに浄化を施し、造血剤を口移しで飲ませた。

顔色は青白く、呼吸も荒い。まだだ！　絶対に死なせない！

俺は回復魔法で彼女の傷口を塞いでいく。

「早く塞がれ！」

癒属性ではない俺では、どうしても回復の速度が遅い。

それでもなんとかフレイナの出血は止めることができた。

だが、完全にフレイナの体内にある毒は全て浄化できていない。

「《ピュリファイ》！」

浄化魔法で毒を取り除こうとするが、毒の量が多すぎて一度の浄化では足りない。

「もう少し……頑張ってくれ、フレイナ！」

俺は焦りながら、解毒剤を傷口に流し込む。彼女の顔は痛みに歪《ゆが》んでいたが、意識はまだ保っている。

「ソルト殿……あなたを信じているから……」

フレイナの声が弱々しく響く。俺は彼女の手を握り、必死に回復魔法を続けた。

「大丈夫だ、俺が必ず助ける……絶対に、死なせない……！」

《ピュリファイ》《ヒール》を何度も唱え、毒を少しずつ体から取り除いていく。

そして、ようやくフレイナの呼吸が少し落ち着き、顔色が少しずつ回復してきた。

「……よかった」

俺は肩の力を抜いて、深く息をついた。

フレイナはまだ苦しそうだが、命に別状はないだろう。

「ありがとう、ソルト殿……本当に……」

フレイナがかすれた声で礼を言った。俺は彼女の手をそっと握り返し、笑顔で答えた。

「当然だよ。俺は君たち第四騎士団の回復術師なんだから」

フレイナはなんとか容態を持ち直してくれた。俺はまたしても、全ての力を使い果たしてぶっ倒れた。それでも満足する仕事ができたと思っている。

第三話　奇妙な病と男性恐怖症

毒蛇討伐から数日が過ぎた。

俺は医務室でいつも通り暇を持て余している。ただ、変わったこともある。

「ソルト殿、こいつの面倒を見てやってくれ」

フレイナが団員を連れて医務室に来る回数が増えた。連れてこられた者たちも、今までのわだかまりが解けたように気楽に声をかけてくれる。

「ソルト先生、お願いします！」

女性騎士の一人がひょっこりと顔を覗《のぞ》かせた。

以前までは、俺がここにいるとわかっていても、誰も受診に来なかったのだが、この数日は違う。

毒蛇討伐に参加した女騎士たちが、怪我《けが》用の薬草《やくそう》が欲しい際には医務室に来てくれるようになった。

「どうしたんだ？　体調が悪いのか？」

俺は立ち上がって、フレイナと団員を迎えた。

「ううん、ちょっと足を捻《ひね》ってしまっただけです。毒蛇の討伐で無理しすぎたかもしれません」

彼女は照れくさそうに笑ったが、その笑顔の裏には、俺への信頼が見え隠れしていた。

数日前まで、俺がここにいることに疑《ぎ》念《ねん》を抱いていた彼女たちが、今ではこうして気軽に医務室に顔を出してくれる。

俺がフレイナを命懸けで助けたことをきっかけに、仲間として信頼し始めてくれた。

また、彼女たちが参加していなかった団員にも話をしてくれているので、冷たい視線や、嫌悪感を含むような態度は少なくなった。

「じゃあ、ちょっと診てみようか」

俺は彼女の足を慎重に確認しながら、軽い回復魔法を使って回復させた。

彼女はすぐに立ち上がり、にっこりと笑って言った。

「さすがソルト先生、すぐに治っちゃった！　ありがとうございます！」

「大したことないさ。気をつけてな」

「はい！」

彼女は満面の笑みを浮かべて去っていった。若い女性の団員が多いため、俺は自分の中で彼女たちと一線を引くため先生と呼んでもらうことにした。

「いつもすまない。また来るよ」

「こちらこそ、フレイナ様も気をつけて」

フレイナを見送り、俺は前世の記憶を思い出す。

医師と患者という線引きをなぜしているのか？　自分の中で、その線を引いておかなければ、邪《よこしま》な気持ちが芽生えてしまいそうなのだ。

その後も、医務室には次々と団員たちがやってきた。

誰もがフレイナが毒に侵された時の俺の行動を目の当たりにしていて、それが彼女たちの心を動かしたのだろう。

「ソルトさん、また誰か来ていたのですか？」

「メイか、よく来たね」

「お邪魔しますです。ソルトさんが医務室にいる限り、いつも賑《にぎ》やかなのです！」

「みんなが来てくれるのはありがたいけど、俺が特別なわけじゃないさ」

頭を撫《な》でてやる。小柄なメイの頭は撫でやすいので、ついつい手が伸びてしまうのだ。

「ぬふー！　謙遜《けんそん》しすぎなのです。ソルトさんは毒蛇の時、フレイナ団長を救って、毒蛇を一人で討伐した英雄なのです」

「いや、そんな大袈裟《おおげさ》な」

「何が大袈裟ですか！　ソルトさんがいなければ、フレイナ団長もみんなも大変なことになっていたのです！」

メイがそんな調子で明るく接してくれるのも、俺にとっては少し救いになっていた。だが、その平穏な時間も長くは続かなかった。

第三話　奇妙な病と男性恐怖症

ある日の夕方、フレイナが渋い顔をして医務室にやってきた。

「ソルト殿、ちょっといいか？」

「どうしたんですか？　フレイナ様」

フレイナは少し困った表情を浮かべながら、ためらいがちな口調で切り出した。

「実は、治療師ギルドからクレームが来ている」

「クレーム……？　俺にですか？」

「ああ。ここ最近、団員たちが君を信頼して医務室に来るようになったことは素晴らしいことなんだが、そのせいで治療師ギルドの患者が減っているらしい。彼らにとっては、かなりの打撃になっているようだ」

俺は少し眉をひそめた。治療師ギルドからのクレームというのは予想外だった。

俺はただ、目の前の人を治したいという思いで行動していただけだ。

それが結果として、ギルドに迷惑をかけていたとは思わなかった。

「そうか……俺はそんなつもりじゃなかったんだが、治療師ギルドには悪いことをしたな」

「いや、君に非があるわけじゃない。ラーナ様も私も、君がここで治療を続けることを支持している。だが、治療師ギルドの連中は彼らなりに不満を持っているんだろう。治療の場を独占されていると感じているようだ」

「……どうすればいいんだろうな」

「気にしなくていいさ。団員たちが君を信頼している以上、私たちはそれを優先する。治療師ギルドとの折り合いは私たちがつけるから、君はこれまで通り団員たちの治療に専念してくれ」

フレイナはそう言って俺の肩を軽く叩《たた》いたが、俺の胸中にはまだ少し重たい気持ちが残っていた。

団員たちに信頼されていることは嬉《うれ》しい。しかし、その一方で治療師ギルドとの軋轢《あつれき》が生じていることが気がかりだ。

自分の存在が、知らぬ間に他人に影響を与えてしまっている。俺はまたしても、自分の居場所が不安定になってしまうのではないかという不安に襲われていた。

「まぁ、俺は俺にできることを続けるしかないか……」

そう自分に言い聞かせながら、俺は再び医務室にやってくる団員たちの治療に集中することにした。

◇

フレイナに報告を受けたことは気になるが、自分の仕事をやり続けるだけだ。

本日の業務が終わり、医務室での出来事が一区切りついて、俺はラーナ様の執務室に向かった。

定期的に、ラーナ様やフレイナに団員たちの体調や仕事の報告をすることになっている。

執務室に入ると、ラーナ様は机に向かい、書類を片付けていた。

本日はシャツにメガネという出来る女性風のファッションに髪の毛をアップにまとめているので、雰囲気《ふんいき》が違って見える。

前世でいうところのキャリアウーマン、出来る女性といった感じだ。彼女の仕事ぶりには優雅さと気品があるように見える。

ただ、自然と視線が吸い寄せられそうになるのは、シャツを盛り上げて机の上に乗せられた爆乳だが、部屋に入った瞬間から気をつけているので、視線を向けることはない。

部屋に入る前に気を引き締めて、扉を開けた瞬間に視線をフレイナに向けてから、ラーナ様が顔をあげるのを待つ。酒の席で、ラーナ様が男性恐怖症であることを聞いてからは、極力近づいたり、視線をラーナ様の瞳以外に合わせたりしないようにしているのだ。

彼女はただの領主代行ではなく、俺にとっても雇い主として重要な存在だ。

傍《そば》にはフレイナが控えており、俺の態度に苦笑いを浮かべている。

「失礼します。ソルトです。定期報告に参りました」

俺がそう言うと、フレイナは腕を組みながら軽く頷《うなず》いた。

「はい。どうぞ」

ラーナ様の声を聞いて、フレイナは視線をラーナ様に向けた。

一瞬だけだが、ラーナ様の肩がピクリと反応した。

男性恐怖症だと聞いていなければ、気づかないほどの動きだ。

これまでも多くの男性からの視線に、体を硬直させていたのだろう。

「どうだ？　最近は順調か？」

フレイナが気を利かせて話題を振ってくれる。

「ええ、おかげさまで団員たちも私を信頼してくれるようになりました。受診にも来るようになっていますし、問題なく治療を行っています」

「ええ、ソルトさんは、フレイナの命の恩人でもありますからね。これからもよろしくお願いします」

「本当にソルト殿には感謝しているよ」

「たまたま自分と相性が良い魔物だっただけですよ」

瘴気《しょうき》が蔓延《まんえん》していたので、俺の力が役に立つことが証明できた。たまたまだが、巡回に同行できたことが大きいと思う。

その辺りは、フレイナが気を利かせてくれたのだろう。

「そうそう、団員から先生と呼ばれているようですね」

「はは、若い女性が多いので、彼女たちと自分の立場を分けるための、線引きのようなものです。回復術師として、彼女たちと接すると自分に戒《いまし》めているんですよ」

「まぁ、そんなところも紳士なのですね」

「あ〜、自分の心が弱いだけですよ」

覚悟を決めて話をすれば、男性恐怖症を表面に出さないで話ができるラーナ様は、これまで多くの経験をされてきたのだろう。


……コンコン。

報告を行っていると、執務室の扉がノックされた。

フレイナが頷き、俺は扉を開いた。扉の向こうには長い緑の髪を揺らし、白衣をまとった女性が立っていた。

「治療師ギルドから来ました、アリア・ナーヴェルです。ラーナ様の定期診察に参りました」

静かな声で挨拶する彼女の姿は、知的で美しく。俺に向けられる視線は冷え冷えとしたものを感じた。

「どうして執務室に男がいるのかわかりませんが、ラーナ様の健康管理は私が担当しています。退出を」

アリアがこちらを睨《にら》むように言葉を続けた。

「アリア、そのような言い方はしないで。その方は第四騎士団専属の回復術師をお願いしている方で、ソルトさんというのよ」

「あぁ、あなたが聖属性であることをいいことに、女性ばかりの騎士団に抜け抜けと入り込んだ、研修中の回復術師ですか。私は癒《ゆ》属性で、治療師ギルド所属、アリア・ナーヴェルです」

刺々しいアリアの物言いに、若干圧倒されてしまうが、俺としても自己紹介されて、黙っているわけにはいかない。

「冒険者のソルトです。今は、第四騎士団の臨時回復術師をしています」

ぎこちなくはあるが、なんとか自己紹介を終えることができた。だが、不意に興味を失ったように視線が外される。

「ラーナ様の健康を守るのは、私の責任です。どうぞ、お引き取りください」

彼女の言葉は鋭く、心が締め付けられるような感覚がした。自分が余計な存在だと思われているのは明らかだった。

「まあまあ、アリア、あまりトゲトゲしないの。ソルトさんはよくやってくれています」

ラーナ様が優しく宥《なだ》めるように言うが、アリアの態度は変わらない。

「しかし、ラーナ様……」

アリアが言いかけた瞬間、ラーナ様の顔が急に青白くなり、体が傾いた。

「ラーナ様！」

俺は驚いて彼女に駆け寄ろうとしたが、それよりも早くアリアが彼女の肩を支えた。

ラーナ様は体をアリアに預けたが、その目がかすかに揺れている。

「これは……！」

アリアは即座に診察の準備を始めたが、その表情には焦りが見えた。

「男性のあなたは、今すぐ外へ出てください！」

ラーナ様の服に手をかけようとして、アリアに鋭い声で命じられる。俺も状況を理解して、執務室を飛び出した。

ラーナ様の苦しむ姿に言葉を失ってしまう。

彼女がこんなにも急に倒れるなんて……扉を閉めた後も、ラーナ様の苦しそうな様子が目に焼きついて離れなかった。


フレイナからの報告で、アリアの診察結果を知った。

ようやく胸のつかえが取れた気がした。ラーナ様が倒れた時は、本当に心臓が凍りつくかと思ったが、アリアが疲労が原因だと診断し、回復魔法を施したことで体調は回復したという。

「これで一安心だな」

俺は自分に言い聞かせるように呟《つぶや》いた。ただ、倒れた際の顔色がどうしても気になる。

「俺が診察することはできないか？」

「どうしたんだ？」

「少し気になることがあって」

「気になること？」

「ああ、ラーナ様が倒れた時の顔色なんだが、少し紫色に変色していたように見えて」

「紫色に変色？」

「影が差していただけかもしれないんだけどな」

フレイナは少し考えてくれたが、首を横に振った。

「すまない、ソルト殿。私も君に助けられた身として、君を疑っているわけじゃないんだ。ただ、アリアは幼い頃から、ラーナ様の専属医として、体調を見てきている。私たち三人は同年代として、これまでやってきた信頼がある」

フレイナの回答に、俺はそれ以上言葉を紡ぐことをやめた。

「無理を言うつもりはないんだ。気になっただけだから」

フレイナの顔には僅《わず》かに不安が残っているように見えた。

「アリアが診察して問題ないと言っているのを私は信じるよ。ラーナ様には無理をさせすぎているのかもしれん」

「そうですね。ラーナ様の負担が大きいのは間違いありません。俺たちがもっと支えていかないと」

フレイナの言葉に同意した。治療師ギルドとの軋轢もある中、俺にできることは限られている。

医務室にいると、どうしても騎士団員が来てしまう。

そこで、騎士団の遠征に付き合わせてもらうことにした。

前回の巡回で、フレイナが毒を受けて以降、彼女はラーナ様の護衛に専念することになった。そのため、現在はクルシュが陣頭指揮を執《と》る場面が増えている。

クルシュは無属性のため、魔法を放つことができない。

俺は聖属性使いとして遠征に同行することが多くなり、そのたびにクルシュやメイと一緒に任務を遂行してきた。

彼女たちと一緒に戦い、信頼を深める中で、騎士団との絆が強まっているのを感じる。


ある日、遠征から戻った俺は、定期報告のためにラーナ様に会うべく執務室に向かった。

フレイナもラーナ様の護衛に就いているため、特に心配もしていなかったが、執務室の扉を開けた瞬間、違和感が走った。

「……ラーナ様？」

俺は思わず、声を潜めて呼びかけた。

ラーナ様の顔色は明らかに悪い。青白い肌に、どこか力のない瞳。いつも穏やかで元気で美しい彼女が、まるで別人のように見えた。

「ソルトさん……来てくれたのね」

ラーナ様はかすれた声で俺を迎えたが、その声にはいつもの威厳も優しさも感じられなかった。疲れきっているというよりも、明らかに体調が悪そうな顔色をしている。

「ラーナ様、大丈夫ですか？」

俺は思わず歩み寄ろうとした。

そこへ、フレイナが険しい表情で立ち上がった。

「ソルト殿！」

フレイナの制止で、俺は歩みを止めて、ラーナ様に近づくのをやめた。

「毎日アリアが診察に来ているんだが、どうにも症状が良くならないんだ。彼女も全力を尽くしてくれてはいるが、原因がわからないままだ」

俺はその言葉に驚きを隠せなかった。

癒属性は、癒やしの属性と言われ、人や生き物の異常を正常に戻す力を持つ。また、治療師ギルドの中でもアリアは優秀な治療師だ。

それでも改善が見られないとなると、何か別の原因があるのかもしれない。

「ソルト殿、君の力で何かわかることがあるか？　ラーナ様の状態を診断できるか？」

この間の申し出を聞いていたフレイナが不安げに問いかけてくる。

「それはもちろん、俺にできることならやりたいと思います。でも……」

俺はラーナ様の顔をちらりと見た。ラーナ様は、俺の視線に怯《おび》えるように体を強張《こわば》らせている。

ラーナ様の男性恐怖症は以前から知っていたが、これほどまでに拒否感が強いとは思っていなかった。

「ラーナ様、俺に診察をさせていただけませんか？　何か役に立つことがあるかもしれません」

なるべく怖がらせないように優しく問いかける。

だが、ラーナ様は困惑した表情を浮かべ、かぶりを振る。

「だめ……ごめんなさい……どうしても……」

その時、アリアが診察道具を手に入室してきた。

彼女の冷たい視線が俺に突き刺さる。

「ソルトさん、これ以上はご遠慮《えんりょ》ください。これは私の仕事です。ラーナ様の診察も私が担当しています。あなたの手出しは不要です」

アリアの言葉は厳しく、はっきりとした拒絶を示していた。

彼女は自分の領域を侵されることを嫌がっている。

それに、ラーナ様の男性恐怖症を知っている彼女にとって、俺の介入は逆効果だと考えられるのだろう。

「わかりました……すみません」

俺は少し肩を落として答えた。自分にできることが限られていることが悔しかったが、無理強いするわけにはいかない。

ラーナ様の体調が悪化していく中で、俺はどうすることもできずに立ち尽くしていた。

◇

遠征が始まって数日、第四騎士団の遠征隊は瘴気が漂う森の中を進んでいた。

空気は湿っており、森全体が重苦しい雰囲気に包まれている。木々の間から漏れる微《かす》かな光も、まるで瘴気に阻まれているかのように、ぼんやりとしか見えなかった。

「みんな、気を抜くな！」

クルシュが前を行く団員たちに声をかける。その鋭い眼差《まなざ》しは一切の隙を許さない。

「大丈夫なのです！　まだ先に進むのです！」

メイの明るい声が団員たちを鼓舞《こぶ》しているが、彼女の表情にも僅かな緊張が漂っていた。

姿の見えない敵というのがここまで恐ろしいとは。瘴気は溢《あふ》れている。だが、魔物の姿は見えない。漂う霧だけが、森を支配しているようだった。

俺もまた、背後に迫る不吉な気配を感じていた。

瘴気だ。この場所に漂う瘴気は、ただの自然の毒気とは違う。まるで生き物のように俺たちに纏《まと》わりつく感覚があった。

「クルシュさん、メイ、注意してくれ。この瘴気は普通じゃない……まるで、この瘴気自体に意志があるようだ」

俺は慎重に周囲を見回しながら、彼女たちに警告を送る。

「わかっている。気を緩めるな」

クルシュは全員に魔力を纏うように指示を出して、霧の対策を伝える。

しかし、その時だった。

「うっ……！」

後ろから突然、呻《うめ》き声《ごえ》が聞こえた。振り返ると、一人の団員が膝をついて苦しんでいる。顔色が明らかにおかしい。青白いどころか、紫色に変色している。

「これは……！」

俺の脳裏に不意にラーナ様の顔が浮かんだ。彼女が倒れた時に似ている。そして、さらに過去の記憶が蘇《よみがえ》る。俺はこの症状に遭遇したことがある。

「みんな、離れるんだ！　森から出ろ！」

俺は叫びながら、倒れた団員に駆け寄った。他の団員たちも騎士団の戦士らしく、すぐに冷静に距離を取る。だが、倒れた団員は一人だけではなかった。

次々に、同じように紫色に変色しながら崩れる団員たち。その姿を目の当たりにし、俺の心は凍りついた。

「クルシュさん、メイ！　倒れた者を連れて森を出てくれ。霧だ！　この霧が魔物なんだ！」

俺は彼女たちに目を向けたが、二人は倒れる様子もなくしっかりと立っている。

「何っ！　わかった。メイ、動ける者たちよ！　森から撤退せよ。動けない者には肩を貸せ！」

「二人は大丈夫なのか？」

「ああ、私たちは大丈夫だ」

「私も大丈夫なのです！」

森から出るまでに、クルシュとメイ以外の全員が顔を紫にして倒れていった。

「ソルト殿、これはなんなのだ？」

「呪毒《じゅどく》だ」

「呪毒とは何なのです？　それは？」

「瘴気は、死属性で、魔物や植物を変異させてしまうことは知っていると思う。またそこから魔物が生まれることも」

「ああ、それは知っている」

俺は森の外に出した者たちの浄化を行っていく。

「呪毒は、瘴気が微生物、つまり小さな生き物に乗り移って体の中で悪さをすることをいうんだ。これは普通の魔物とは違ってあまりにも小さいので、体の中へ入り込むが、小さいのですぐに悪さはしない。体の中で増殖して次第に、その症状を悪化させていくんだ」

「皆は、それを大量に吸い込んだために、一気に症状が現れたのか？」

「ああ、そうだ」

そして、この呪毒は強い魔物ではない。一度、呪毒に寄生《きせい》されても、聖属性で浄化してしまえば、同じように寄生される心配は少なくなる。

これはアーシャで実験済みだ。

「つまり、私たちは、前にソルト殿に浄化してもらったから無事というわけか？」

「ワイトキングとの戦闘の時に浄化されてたおかげなのです！　ソルトさんに感謝なのです！　ぬふー！」

メイも、嬉しそうに誇らしげな表情を浮かべた。

彼女たちはその時に呪毒を受けていた。

そして、同じく遠征に行った子たちも、俺の医務室で浄化を受けていた。だが、一人だけ、ワイトキングとの戦い後に、俺の浄化を受けていない女性がいる。

俺はラーナ様の体調不良の原因を理解した。

「クルシュさん、この森は危険だ。絶対に浄化しなくてはならない」

「ああ、その通りだ」

「体調を崩した人たちもすぐに動くことは難しいだろう。浄化を終えてあるから、近くの村に運んで休ませよう」

「はいなのです！」

団員を運んできた馬車にできるだけ多く乗せて、村へと搬送した。

村人たちにも手伝ってもらって、団員の安全を確保してから、俺は一人で森の前で魔法陣を描く。

霧の魔物は、霧自体に浄化をかけても、すぐに再発生してしまう。だからこそ、森全体に浄化をかけなければいけないんだ。

「ソルト殿、大丈夫なのか？」

「わからない。だけど、魔力増強の薬と、今回は魔法陣という媒体も使う。魔力消費は抑えられるはずだ。それに、これが終わったら、ラーナ様も助けないとな」

「ああ、貴殿は凄《すご》いな！　私の恩人は凄い人だ。必要なことがあるならなんでも言ってくれ」

「ありがとう、クルシュさん」

「私のことはクルシュで頼むと言っただろ」

「なら、俺もソルトで、俺は魔法を発動すると動けない。護衛は頼む」

「すまない。恩人を呼び捨てにはできない。ソルト殿で頼む」

「私もいるのです！」

多少は動ける団員に、村で休む者たちを任せ、クルシュとメイの元気な二人に護衛をしてもらう。俺は魔法陣を完成させて、巨大な五芒星《ごぼうせい》を天空に作り出す。

「聖なる護符よ！」

団員たちが倒れたのは、この呪毒を生み出す瘴気そのものが原因だった。

瘴気に長時間晒《さら》され続け、体に死の毒が染み込んでいく。

「急がなきゃ……このままでは全員が危ない！」

村だけじゃなく、コーリアス全体を守るために、これ以上広がらせるわけにはいかない。

「《聖なる浄化！　サンクチュアリ》！」

天空から五本の剣が森の外側に突き刺さり、聖域を作り出す。

「ソルト殿！」

「ソルトさん！」

クルシュと、メイの声が聞こえてくる。わかっている。俺の魔力が足りてない。

「ソルト殿、御免《ごめん》！」

クルシュが俺の唇にキスをする。その瞬間、体の中に魔力が流し込まれて、一気に魔法が完成していく。

「私の使えない魔力を使ってくれ」

銀髪の髪に、真っ白な肌をした美しい女性が俺に微笑《ほほえ》む。

「ああ、任せてくれ」

俺は森全体を浄化する最後の魔力を注いだ。呪毒の発生源になっていた霧の瘴気は、全て浄化されて消え去った。

◇

森の空気が瘴気の澱《よど》んだものから、別の清々しい空気へと変わっていた。

「よし！　成功だ！」

「やったな」

隣にいたクルシュとハイタッチをする。

「凄いのです！」

霧の魔物を近づかせないように風を起こしていたメイが俺たち二人に抱きついてくる。

「二人のおかげだよ。ありがとう」

「何を言っているんだ。ソルト殿がいなければ、我々にはどうすることもできなかった」

「そうなのです。一時的に押し戻せても、仲間を救えなかったのです」

二人は顔を見合わせて、俺に頭を下げた。

「また、助けてもらった。ありがとう」

「ありがとうなのです」

「本当に良かったよ。それよりも、二人に話しておきたいことがある」

俺は今回の遠征でラーナ様の症状が呪毒にあると判断した。

呪毒は、体の中で死属性の魔物が巣を作り、次第に体を蝕《むしば》んでいく。

聖属性で浄化しなければ、ラーナ様は確実に死ぬ。

「ラーナ様が！」

「ソルトさん、ラーナ様を助けてほしいのです！」

「ああ、俺もそのつもりだ。だから今から馬で急ごうと思う」

「ああ、護衛は任せてくれ」

「私もついていきたいのですが、団員に知らせる必要があるのです。それに護衛は私よりもクルシュ様の方が安全なのです。クルシュ様、ソルトさんをお願いするのです。ソルトさん、ラーナ様を助けてほしいのです！」

「ああ」

メイに後始末を任せて、村にいる副官に団員の引率を任せることになった。

俺はクルシュに護衛してもらって、全力でコーリアス領に戻った。

焦りと共に馬を駆り、やっとの思いで領地の城門が見えてきた。

すぐに報告しなければならない。ラーナ様のことも心配だった。

「ソルト殿！　ラーナ様はきっと大丈夫よ。焦るな」

クルシュが俺を気遣いながらも、冷静な声で言ってくれる。だが、クルシュ自身も不安に思っているのだろう、手綱《たづな》を握る手がいつもより力強い。

俺の心は穏やかではいられなかった。この呪毒は思った以上に進行が早くて危険だ。

ラーナ様に何かあれば、俺は後悔してもしきれない。

「わかっている。だけど、急いでくれ、クルシュ。時間はあまりない！」

俺はさらに馬の足を速め、ラーナ様のもとへと向かった。

城に入ると、いつもは静かで穏やかな雰囲気が漂う城内が、どこか張り詰めていた。

いつも賑やかな第四騎士団員たちも緊張した表情で周囲を見回している。

明らかに何かが起きていることを示していた。

急いでラーナ様の執務室へと向かい、扉を叩いた。しかし、中から返事はなかった。

「ラーナ様……？」

不安が胸を締め付ける。ちょうどその時、廊下の向こうからアリアが現れた。彼女は白衣を着ていて、少し焦った様子でこちらに近づいてくる。

「ソルト……何をしているの？」

アリアが俺に冷たい視線を投げかけて言った。

「ラーナ様に報告しに来たんだ。瘴気の影響で団員たちが倒れた。それに……ラーナ様の病気も……」

俺が事情を説明していると、アリアの表情はさらに硬くなった。

彼女はため息をつき、首を横に振る。

「ラーナ様は……今、自室で休んでいる。体調は急激に悪化している。毎日私が診察しているというのに、原因がわからない」

アリアの言葉に、俺は原因を突き止めたことを話そうとした。

「アリア、ラーナ様はどこにいるんだ？　俺なら原因がわかるかもしれない！　診察させてくれ。少しでも手助けできるなら……」

だが、アリアは俺の言葉を遮《さえぎ》った。

「無理ね。癒属性の私が何もできないのに、聖属性のソルトに何ができるというの？　それにあなたが診察するなんて、絶対に許されない。ラーナ様は男性恐怖症なんだから。私はしっかり見ているわ。だから余計なことをしないで」

アリアの冷たい言葉に俺は一瞬たじろいだ。だが、彼女の体も声も震えていた。

「でも、アリア！　このままじゃ……ラーナ様の命が危険かもしれないんだ。俺には浄化の魔法がある」

「いい加減にして！」

アリアが鋭い声で俺を遮る。

「あなたが何を思おうが、ラーナ様は私の患者なのよ。あなたの手なんか借りないわ。もう部屋に戻ってちょうだい。ここは私が対処する」

その時、扉の奥から慌ただしい足音が聞こえてきた。

フレイナが息を切らせながら走ってきた。

「ソルト殿！　アリア！　ラーナ様が！」

アリアは青ざめて、すぐにラーナ様の寝室へと走り出した。

俺もすぐに後を追い、ラーナ様のもとへと向かった。

紫色に変色した顔で、息も絶え絶えのラーナ様の姿はあまりにも痛々しかった。

ベッドの上に横たわる彼女は、まるで今にも命が尽きるかのようだ。

アリアが必死に回復魔法を施しているが、顔色は一向に良くならない。

それどころか、ラーナ様はさらに苦しみ、顔を歪《ゆが》め、うめき声を漏らしていた。

フレイナとクルシュがその様子を見て、胸を痛めているのがわかる。

ラーナ様の姿に心を乱されながらも、二人は祈るような表情で見守っている。だが、治癒の効果は現れるどころか、ラーナ様の苦しみは増すばかりだった。

「どうして……どうして治らないの！」

アリアが必死に魔法を強化しようとするが、手元で光る魔力はどんどん弱まっていく。

それでも彼女は諦めることなく治療を続けるが、もう限界が近いことは誰の目にも明らかだった。

その瞬間、俺は覚悟を決めた。ここで何もしなければ、ラーナ様は助からない。

自分の命をかけてでも、彼女を救うために俺が動かなければならない。

「フレイナ様、俺にラーナ様を診察させてほしい！」

俺は振り向き、フレイナに向かって強く言った。

「何を言ってるんだ、ソルト！　ラーナ様は男性恐怖症だ！　診察なんて……」

アリアが否定の声を上げたが、俺は続けた。

「ラーナ様が苦しんでいる原因は、呪毒だ。瘴気が作り出した毒で、このままだと命を落としてしまう。俺には、その呪毒を浄化する力があるんだ。それを治せるのは俺だけだ。どうか……俺にやらせてくれ！」

その言葉に、フレイナは困惑した表情を浮かべた。アリアはさらに強く反発するように俺を睨みつけてきた。だが、そこへクルシュが割って入る。

「フレイナ様、本当だと思います。私はラーナ様の容態を知りませんでしたが、ラーナ様の顔色は、団員たちと同じです」

俺の言葉をフォローするように、クルシュが援護してくれる。

「どういうことだ？」

クルシュの言葉に、フレイナが問い掛ければ、アリアがそれを遮る。

「ダメよ、ソルト！　ラーナ様が……ラーナ様が男性恐怖症だというのを忘れているの？　あなたが手を出したら、逆に恐怖で悪化するかもしれないのよ！」

アリアがラーナのことを思っているのはわかる。だが、俺は一歩も引かない。

ラーナ様の命がかかっているんだ。彼女を救えるのが俺なら、俺がやらなければならない。

俺がアリアとやりとりをしている間に、クルシュがフレイナに事情を説明してくれる。

「お願いだ、フレイナ様。俺がやらなければラーナ様は本当に助からない！」

フレイナは一瞬、目を閉じて考え込んだ。

そして、ラーナ様の苦しむ姿を見て、決断した。

「……ソルト殿、やってくれ。ラーナ様を助けてくれ」

アリアが抗議しようとするが、この場で決定権を持つのは、フレイナだ。

フレイナの命令には逆らえない。

アリアは悔しそうに唇を噛《か》みしめたが、静かに部屋の片隅へ下がった。

俺は深呼吸をして、ラーナ様の側に近づく。彼女はベッドの上で、かすかに息をしている。俺が近づいた瞬間、ラーナ様の体がビクッと震え、明らかに怯えた様子を見せた。

「ラーナ様……俺です、ソルトです。あなたを救います……どうか、信じてください」

俺は優しく声をかけた。怯えるラーナ様に、少しでも安心してもらうために。

「必ず……あなたを救います……だから、俺を信じて」

ラーナ様の怯えた表情が、少しだけ和らいだ気がした。

俺は彼女の手に触れ、温かさを感じながら、全身全霊で呪毒を浄化するための魔法を準備した。

だが、俺はここに来る前に魔力を使い果たしていた。魔力を回復させる時間はない。

俺は自分の生命力を魔力に変える覚悟を決めた。

「ラーナ様……あなたの命、必ず救いますから！」

俺は自分の体に鞭《むち》を打ち、全ての力をラーナ様に注ぎ込む。

自らの命を削る覚悟で、聖属性の魔力を使い、呪毒に立ち向かった。

「ぐっ！」

ラーナ様の体内に巣食う呪毒は強力で、時間が経つごとにその力は増していく。

もっと早くに気づいていれば、ここまでラーナ様を苦しめることはなかった。

俺は血を吐きながら、聖属性魔法でラーナ様を包み込んで、呪毒が巣を作る場所を特定した。

心臓の近くに巣があり、一瞬で消滅させれば、ラーナ様の心臓にも穴が空いてしまうかもしれない。

俺は慎重に呪毒を排除していく。

「ブハッ！」

「ソルト殿！」

「ソルト殿！」

フレイナとクルシュが心配して声を出す。口だけじゃない、目や耳から血が溢れ出す。

生命力を魔力に変えたことで、体内の血管が沸騰《ふっとう》したように熱い。

俺自身も限界に近づいているのを感じながら、それでも手を離さずに戦った。

ラーナ様の体内に巣食う呪毒が、俺の魔力に激しく抵抗してきて、せめぎ合う。

時間をかけて巣を作った呪毒は、簡単に浄化できるものではなく、俺の力を飲み込もうとする。しかし、俺は決して諦めなかった。

「絶対に……絶対に、助けてみせる！」

ついに、呪毒が徐々に弱まっていく。俺の魔力が呪毒を圧倒し、少しずつ浄化していくのを感じた。

「よし！」

だけど、まだ油断はできない。最後まで呪毒を消滅させた上で、傷を浄化して回復させていく。そして、最後の一瞬、俺の全ての力を注ぎ込むと、呪毒が完全に消え去った。

ラーナ様の顔色が、次第に元の色を取り戻していく。彼女の体に体温が戻って安らかな寝息へと変わってくれた。

「……ラーナ様……」

俺はようやく彼女の手を離し、床に倒れ込んだ。

第四話　救い

深い闇の中で、私は恐ろしい魔物に襲われ、辺りは氷に閉ざされ、死んでしまう。そんなことを思った私の手を温かい手が握りしめて、救い出してくれました。

「ここは？」

私が意識を覚醒させると、見知ったベッドの天蓋《てんがい》にフレイナ、アリア、クルシュの三人がベッドの脇におりました。

「みんな、どうしたの？」

「ラーナ様！」

フレイナは驚いた様子で、私を抱きしめました。

いつもは、そこまで熱烈な感情を出さないフレイナにしては珍しく。また、クルシュも涙を浮かべていました。

アリアだけは表情を暗くして、床を見ていたので、私は彼女の視線の先を追いかけました。そこには床に倒れ込んだソルト様の姿が目に飛び込んできました。

「えっ？」

驚きと、もう一つ違和感を覚えます。彼は全身から血を流して、倒れていたのです。

その光景は異常で、しかも普段であれば男性を見るだけで、心臓が凍りつくような恐怖に襲われるところですが、不思議と恐れを感じることはありません。

むしろ、彼のことが心配で、胸が痛むほどでした。

「どうして、ソルト様が？」

「説明をしなくてはいけませんね。どこから記憶がございますか？」

フレイナは少し困った顔をして、問いかけてきた。

アリアは悔しそうにしながら、ソルト様に回復魔法を施しています。

彼女も私と同じく、あまり男性を好んではおりません。

癒《ゆ》属性は希少属性であり、また人を癒やすとなれば、お金で健康を求める者たちにとっては、あまりにも欲しい人材として、彼女も幼い頃から様々な思惑に晒《さら》されてきたのです。

醜い大人の男性を数多く見て、嫌気が差した彼女は治療師ギルドに入って、第四騎士団を見るためにコーリアス領に在籍してくれていました。

私、フレイナ、アリアは同い年で共に成長して、多くのことを語り合ってきたからこそ、彼女がソルト様を癒やすという違和感がどうしても拭えません。

「ラーナ様、ソルト殿はあなたを助けるために命をかけたんです」

「命をかけた？」

「はい！」

フレイナの言葉にクルシュも同意を示します。

話を聞けば、ソルト様は第四騎士団の三十名を治療しただけでなく、コーリアスに蔓延《まんえん》してしまう霧の瘴気《しょうき》を森の中に閉じ込めて、全てを浄化したといいます。

それだけでも、コーリアスにとっては英雄的な行為ですが、その霧の魔物から生まれる呪毒《じゅどく》が私を蝕《むしば》んでいる原因だと突き止めて、馬を走らせて、ここまで駆けつけてくれました。

魔力がないことで私を助けられないならと、生命力を魔力に変えて、私の中に巣食う呪毒を排除して、治療まで全て完了させたといいます。

言われてから、もう一度ソルト様を見ると、目や耳、口からも出血していて、顔色は真っ白になっていました。

アリアは、ソルト様に増血剤を投与して安定してから回復術を使ってくれています。

それでも助かるのかは五分五分で、ソルト様がどれだけ無茶をして私を助けたのか、アリアが追加で説明してくれました。

「認めざるをえないわね」

アリアは、倒れるソルト様を見てため息をつき、ただその瞳は優しく微笑《ほほえ》んでいます。

ソルト様は、自身の生命力を振り絞って倒れてしまったのです。

自分の容態が、どれほど危険な状態にあったのかを理解しました。

目を覚ましたばかりですが、体に感じていた鈍い痛みは消え去り、全身が軽く感じます。

フレイナの話を聞いたことで、自分の記憶が数日飛んでいることを知りました。

最近、体がだるく、どんどん体調が悪くなっていくのを感じていました。

最初はアリアの言う通り疲れだと思っていましたが、日に日にその症状は悪化していきました。

アリアが診察に来てくれていましたが、原因は見つかりませんでした。

薬を飲んでも改善せず、気づけば、ベッドから起き上がることすら困難になっていました。

その時、自分がもうダメだと思った瞬間《しゅんかん》がありました。

これが最後かもしれないと恐怖に襲われた時、温かな光が私を包み込んでくれました。

力強く私を引き上げてくれた光には、彼の顔が浮かび、どこか安心感を与えてくれるものでした。

でも、その時の自分は確実に死を覚悟していました。

「もう、ここで終わりかもしれない……」

そんな諦めが私の中に広がって、走馬灯《そうまとう》を見るように、これまでの人生を振り返っていました。

十二歳の頃から、発育がよくて、周囲の男性の視線を感じるようになりました。

十八歳で結婚したものの、短い結婚生活で夫を失いました。

実家に戻り、家令《かれい》となって領地の経営をしながら、男性恐怖症という病によって、女性だけの騎士団を立ち上げました。

他にも女性の地位向上を唱えて、領内の女性を重用して、男性を自分から遠ざけました。

しかし、心の奥底では、どこかでずっと孤独を感じていたのです。

「誰か、私を助けて」

不意に、ソルト様の顔が浮かんできます。

私が出会った希望。彼はこれまでのどの男性とも違って、紳士的な振る舞いに、私に向ける視線には常に慈愛が込められていました。

彼の優しさを理解しながらも、私は男性に対する恐れを拭い去ることができませんでした。

彼に救われることを望む一方で、彼が自分に触れることに対する恐怖を拭えなかったのです。

しかし、彼はその全てを理解していて、私に優しく触れ、手を握って必死に呼びかけて、治そうとしてくれました。

「大丈夫、きっと助けます」

彼の言葉が胸の中で繰り返され、その言葉にすがるように、私は自分の身を青白い光を放つ彼に委《ゆだ》ねました。

彼の聖属性の魔力が体内に流れ込み、呪毒が浄化されていく感覚を覚えているわけではありません。だけど、苦痛は次第に消え、体は徐々に軽くなっていきます。

暗く閉ざされ死を予感した恐怖は、まるで体が生まれ変わったかのように軽くなりました。

目を覚ました時、私が見た光景は、ソルト様が血を吐きながら倒れている姿でした。

「どうして……？」

涙が自然と溢《あふ》れてきます。私の命を救うために、ソルト様はここまでしてくれたのです。彼が命懸けで私を救ってくれたことが、胸を熱くしていました。

彼の顔を見ながら心の中で思いました。

「私は……この人をどう思っているのだろう？」

今まで、男性に対する恐怖しかありませんでした。だけど、ソルト様に対しては、恐怖よりも感謝、そして信頼が勝っています。彼が命をかけて私を助けようとしてくれた。そこまでの覚悟と熱意に対して、恩義だけでなく、彼の優しさや誠実さに心が動かされてしまいます。

私は、これまで自分を守るために築き上げてきた壁が少しずつ崩れていくのを感じました。

そして、その感情が何なのかを、自分で確かめたいと思うようになりました。

「ソルト様……あなたとお話がしたいです」

小さな声でそう呟《つぶや》くと、私は静かに起き上がって、ソルト様の隣に膝をついて、その手を握りしめました。

私の行動に皆が驚いていますが、今は彼が倒れている姿を見て、私の胸は締め付けられるほどに苦しくて、そして、新たな感情が芽生えていることをはっきりと自覚しています。

◇

「どうして……こんなことに……」

声が震えてしまいます。私は、彼が倒れている姿に戸惑いを覚えます。

彼に対する感謝の気持ちはもちろんですが、それ以上に、彼の存在が私に与えた影響が大きく、自分の感情が整理できずにいました。

「ラーナ様、今回の一件を引き起こした存在である呪毒を見抜けたのは、ソルト様の経験によるものです」

クルシュの言葉に、私は呆然《ぼうぜん》と耳を傾けます。

「彼は過去に冒険者仲間が同じような症状になったことがあり、聖属性魔法で救った経験があったからです」

「冒険者としての経験……そうだったのね」

クルシュの説明により、私はようやく彼がどのようにして私を救えたのか理解しました。

一方で、アリアの顔は苦々しそうでした。

「私が……見抜けなかった……ことを、この男が……」

アリアは自分の敗北を知り、口を閉ざしたまま治療を続けます。

呪毒という異常な魔物による症状を見抜けなかったことで、医者としてのプライドが傷つけられたのでしょう。

「アリア……」

私は彼女を慰めるために声をかけましたが、彼女は私の言葉には応じませんでした。

そんな私たちにフレイナが問いかけてきました。

「ラーナ様、ソルト殿で……男性恐怖症は克服できたのですか？」

その問いに、私は答えるのをためらいました。

ソルト様に対して、恐怖は確かに感じなくなっています。

それどころか、彼には深い感謝の気持ちがあります。

ですが、それが男性恐怖症の克服につながったのか、私にはまだわかりません。

「……わからないわ。ソルト様は、確かに私を救ってくれた。でも……男性全てに対して、恐怖症が治ったかどうかはわからない」

その答えに、アリアは鋭い視線を私に向けました。

「だったら、実験をしてみてはどうですか？」

「実験？」

「そうです。ソルトに協力してもらって、彼があなたにとって恐怖を感じない存在かどうかを確かめるのです。少しずつ、彼から視線を受け、触れてもらう機会を増やすことで、ラーナ様がどのように感じるのか反応を見てみるのはいかがでしょうか？」

その提案に、私は驚きを隠せませんでした。

これまでアリアは私の男性恐怖症が悪化しないように、男性を遠ざけるのに協力してくれていたほどです。そんなアリアの目には真剣な光が宿っています。

彼女は、私が男性恐怖症を克服するための手助けをしたいと思ってくれているのです。

「それは……まだ、怖いわ」

「もちろん、無理にとは言いません。けれど、ソルトはラーナ様を救った。これまでの男性とは違います。それに、これを機に恐怖症を克服できれば、ラーナ様の生活は大きく変わるはずです」

アリアに賛同するようにフレイナも同じように頷いた。

確かに二人の言い分には一理あります。

ソルト様は他の男性とは違い、紳士的で、私を救おうと命をかけてくれました。

彼なら、もしかしたら……。

「わかったわ……やってみます」

私は静かにうなずきました。二人の提案に従い、ソルト様に協力してもらって、男性恐怖症を克服するための第一歩を踏み出すことにしたのです。

「ソルト様が回復したら、彼に男性恐怖症を克服するためのお手伝いをお願いしてみるわ」

三人は私の決意を見守ってくれました。そして、小さく微笑んで私に同意を示しました。

「頑張りましょう」

その一言が、私の心に新たな決意を芽生えさせました。

ソルト様の助けを借りて、私は過去のトラウマに立ち向かおうとしています。

彼との時間が、私の中にあった恐怖を少しずつ解きほぐしてくれることを信じてみたいと思いました。

それからしばらくして、ソルト様は目を覚まして、元気な姿を見せてくれるようになりました。

「改めて、第四騎士団を呪毒から救っていただき本当にありがとうございます」

「いえいえ、それが今の仕事ですから」

「それに私の体調変化にも気づいて、魔力が枯渇しているのに、命をかけて救っていただきありがとうございます」

「あぁ、そっちは運でしたが、ラーナ様を救えて、良かったです」

彼はお礼を言われ慣れていないのか、恥ずかしそうに照れておられます。

その姿も可愛《かわい》くて、これまで警戒していたソルト様の姿が全て、素敵に見えます。

それからの私はソルト様に男性恐怖症を克服する手伝いをしてもらうため、次の段階へ進む決意をしたのです。

その方法を考えました。

男性と何かをするというのは、普段なら考えるだけで鳥肌が立つほどの行為です。だけど、ソルト様の優しさを知っているからこそ、頼むことができるのだと思います。

「ソルト様、少しお願いがあるのです」

「はい？　俺にできることであれば、なんでも言ってください！」

緊張した声が、震えそうになるのをなんとか押さえつけて、私は言葉を紡ぐことにしました。彼は何かを察したのか、慎重な表情を浮かべて私の方を見ています。

「その……私は男性恐怖症を克服しようと思います。そのためのお手伝いをしていただけませんか？」

私の願いに対して、ソルト様が目を大きく見開いて驚きました。

無理もありません。私自身も、こんなことをお願いするなんて信じられないと思っています。だけど、これは私にとって必要な一歩。これを越えないと前に進めないのです。

「えっと、大丈夫ですか？　もちろん、俺が手伝えることであれば、お手伝いしたいと思います」

「ありがとうございます」

「ですが、実際にどうすればいいのでしょうか？」

彼がこんな時にも優しく私に問い掛けてくれるのを嬉《うれ》しく思います。

「えっと、その私の体を見てほしいのです！」

「はっ？」

自分でも恥ずかしくて、顔が熱くなるのを感じます。

ですが、私は男性の視線が怖いのです。ですから、ソルト様に私の体を見てもらうことで、男性から見られる状況に慣れたいと思います。

「ええ、もちろん無理とには言いません。でも……なんとか、ご協力いただければ」

声に震えを感じます。男性に体を見せるなんて、これまで恐怖でしかなかった。けれど、ソルト様は……。

しばらく沈黙が続いた後、ソルト様は深く息をつき、私を真っ直《ま》ぐ《す》に見つめました。

「わかりました、ラーナ様。俺は決してラーナ様に無理はさせません。あなたの意志を尊重します」

彼の言葉は、私の心に深く染み込んでいきました。

優しい、けれど強い決意を感じる声。それを聞いて、私は少しだけ勇気を持つことができました。

「……ありがとうございます、ソルト様」

私はゆっくりと、ドレスの袖をまくり上げました。

露《あらわ》になった腕に、彼の視線が注がれます。普段なら、これだけで身が震えてしまうのに、今日は少し違っていました。

体中に緊張と恐怖が走るはずだったのに、なぜか今はそれほどでもありません。

むしろ、彼が私に対して、女性を感じてくれていることを喜ばしく思う気持ちが、胸の中に温かさを与えてくれます。

「……とても綺麗《きれい》な腕ですね。ラーナ様、大丈夫ですか?」

私は大きく息を吐き出し、彼に感謝の気持ちを込めて微笑みました。

「少し恥ずかしいですが、大丈夫です」

こうして少しずつ、私は彼の助けを借りながら、恐怖を克服する一歩を踏み出していきました。

第五話　恥ずかしいお手伝い

最近、ラーナ様と過ごす時間が増えた。

呪毒《じゅどく》からラーナ様を救ったことで、これまでとは対応が変わって、逆に彼女が抱えていた男性恐怖症の克服を手伝《てつだ》うことになったからだ。

それにしても、貴族の女性とこうして二人きりで過ごすなんて、少し前の自分では想像もできなかった。

「ソルト様、本日もよろしくお願いしますね」

「はい！　こちらこそよろしくお願いします」

男性恐怖症の克服方法として、一日に最低一回は、ラーナ様とお話をする時間を作ることになった。遠征に出る時以外は、ラーナ様とお話をする時間を持つ。

「今日はどのようなお話をしましょうか？」

ラーナ様は優しく微笑《ほほえ》んで俺に声をかけてくれる。

その声には、以前のような恐れや怯《おび》えは感じられない。

彼女が俺に少しずつ心を許してくれているのがわかる。

「そうですね。ラーナ様は何かしたいことはありますか？」

俺は努めて落ち着いた声で返す。ラーナ様は目を伏せて、少し考え込むような表情をした後、ゆっくりと口を開いた。

「そうですね。ずっと不思議に思っていたことがあるんです」

「不思議に思っていたこと？」

「はい。実はソルト様、あなたがそばにいてくれると……不思議と安心できるのです」

「安心ですか？」

「はい。フレイヤやクルシュなど、昔から付き合いのある者たちと同じく、ソルト様といると安心して、気持ちが落ち着くのです。それとは別に胸の辺りが熱くなるんです」

ラーナ様の言葉を聞いて、胸に添えられている手を見るようにその大きな胸に視線を向けてしまう。

以前までは、胸を見ないようにしていたのだが、ラーナ様の方から体を見てほしいという要望があったので、胸にも視線を注ぐようにしている。

それにラーナ様が胸を押さえて熱くなると言うと、俺の胸も少しだけ熱くなる。

彼女の信頼を得ているというのは、俺にとって嬉《うれ》しいことだ。

しかし、それと同時に、俺に対する彼女の気持ちが少しずつ変わってきているのではないかと、薄々感じ始めていた。

「ありがとうございます。ラーナ様にそう言っていただけるのは、俺にとっても嬉しいです」

彼女が俺に向けてくる視線は、以前とは違う。

怖がっているわけでも、怯えているわけでもない。

それでも、何かを探るような、そんな複雑な感情が見え隠れしていた。

それについては、俺もわからないところではあるので、一緒に考えていけたらと思う。

「……ソルト様、あなたには、いろいろと手伝ってもらっているから、その……」

言葉を濁すラーナ様を見て、俺は少し戸惑った。

彼女が何かを伝えたがっているのはわかる。だけど、その先を彼女がどう言い出すのか、俺にはわからない。

「俺にできることがあれば、何でもお手伝いします。どうか、遠慮《えんりょ》なさらないでくださ い」

彼女が俺に伝えたいことがあるのなら、それを支えるのが俺の役目だ。

そう思いながら、俺は慎重に言葉を選んで返す。

ラーナ様は一瞬だけ目をそらし、少しだけ顔を赤らめた後、決心したように口を開いた。

「ソルト様……お願いがあるの。今後の体調をソルト様に診ていただこうと思うのです」

「えっ？」

「アリアにも今まで通り診察を受けるのですが、ソルト様にも、診てもらいたいのです」

俺は一瞬、何を言われたのかわからなかった。だが、彼女の顔は真剣そのもので、冗談や軽い気持ちではないことはすぐに理解できた。

「体を……俺が診察するのですか？」

「はい、私……男性であるソルト様に肌を見せるのは恥ずかしいのですが、あなたを頼りたいのです」

ラーナ様の言葉に、俺はどう返事をすればいいのかわからず、しばらく黙り込んでしまった。

彼女は確かに男性恐怖症だ。これまで他の男性は決して近づけなかったはずだ。

それが今、俺に自分の体を診てもらいたいと頼んでいる。

「……本当に、俺でいいんですか？」

「あなたじゃなきゃダメなの……です。私は、あなたになら……肌を見せても……」

ラーナ様は自分で言いながら、恥ずかしくなってきたのか、声は震えていた。

ただ、その目はまっすぐ俺を見ていた。彼女の決心の固さが伝わってくる。

「わかりました。無理はしないでくださいね。俺にできる限りのことをしますから」

俺は、少し緊張しながらもラーナ様の頼みを受け入れた。

彼女の恐怖を少しでも和らげることができるなら、俺はそれを全力でサポートしたいと思った。

「それでは今後、診察を行う際には、俺のことを先生と呼んでもらえますか？」

「はい！　ソルト先生」

ラーナ様から「ソルト先生」と言われて、ドキッとしてしまう。

今から、このラーナ様を診察する。

本当にそれは大丈夫なのか？　そんな不安にかられるが、これはラーナ様が自分から「診察してほしい」と頼んでくれたことなのだ。

正直俺は少し戸惑ってしまうが覚悟を決める。

彼女の男性恐怖症は、まだ完全に克服されたわけじゃない。だからこそ、無理をさせたくない。

「じゃあ……始めますね」

俺は、少しぎこちない動きでラーナ様と向き合った。

心の中では「大丈夫、これは診察だ」と自分に言い聞かせている。

ラーナ様も緊張しているのか、少し顔が赤い。

「まずは、体全体の状態を確認したいと思います」

俺の言葉に、ラーナ様は少しだけ躊躇《ちゅうちょ》しながらも頷《うなず》き、ゆっくりと上着の襟に手をかけた。彼女の指先が震えているのがわかる。

「……ソルト先生、見ないで……その、恥ずかしいから……」

「もちろんです。安心してください。必要なところしか見ません」

俺は背を向けて、彼女が準備を整えるのを待った。

服の擦れる音が聞こえるたびに、どうしても気になってしまうが、彼女に失礼がないようにと意識を集中させる。

数秒後、ラーナ様の小さな声が聞こえた。

「……これで、いいですか？」

彼女の美しい背中が俺の目の前に晒《さら》される。

もしも正面に回れば、あの大きな胸が晒されている。だが、それをしてしまえば彼女の信頼を失うことになるだろう。

ただ、背中だけでも、なんとも言えない美しさだった。

呆然《ぼうぜん》と眺めてしまうが、今はあくまで「診察」だ。

俺は自分にそう言い聞かせ、彼女に近づく。

「じゃあ、体の状態を確認しますね」

俺は手を伸ばし、彼女の肩にそっと触れた。

ラーナ様の肌は、予想以上に温かくて、柔らかい。その瞬間、ラーナ様が少しだけ身をすくめるのがわかった。

「行きます。聖なる魔法よ。体の異常を見つけよ。《ホーリーサーチ》」

「んんん……」

俺の魔法を受けて、ラーナ様がうめくような声を出す。

「痛くないですか？」

「あっ、はい、んん……大丈夫……です」

彼女の声は少し震えていたが、恐怖で固まっている感じではなかった。少しずつ、彼女は俺の手に慣れてきているのかもしれない。

「じゃあ、少しずつ、他の部分も確認していきますね。無理しないでくださいね」

俺は、彼女の背中を中心に腕や首筋を軽く指でなぞるように確認していく。

もちろん、変に触れないように気をつけながら、あくまで「診察」の一環として行っているつもりだ。

「……ソルト先生……その……ありがとうございます。あなたに触れられても、怖くないわ」

ラーナ様の声に、俺は一瞬だけ驚いた。

彼女が自分からこんな言葉を言ってくれるとは思わなかった。背中越しに見える頰《ほほ》は少しだけ赤みを帯びて、その声には感謝の気持ちが込められていた。

「よかったです。少しでもお役に立てているなら、俺も嬉しいです」

俺は、なるべく優しい声で返しながら、診察を続ける。

彼女が少しずつリラックスしていくのがわかる。そして、少し大胆に。いや、これも「診察」だ。彼女の腰の辺りに手を伸ばした。

「こ、この辺りも、確認させてくださいね」

ラーナ様は少しだけ息を呑《の》んだが、すぐに「いいわ」と小さな声で応えた。

俺はそっと彼女の腰に触れ、体調に異常がないかを確かめる。もちろん、変に触れているわけじゃない。これも全部「診察」だ。

「うん……異常はなさそうですね。ただ」

「ただ？」

「座り過ぎのお仕事をされているので、腰が疲れているようです」

俺が本当に診察して感じたことを伝えると、ラーナ様はクスリと笑ってくれた。

俺が彼女から完全に緊張が取れたことを確認して手を離そうとした時、ラーナ様が突然俺の手をぎゅっと摑《つか》んだ。

「……ソルト先生、もう少し、こうしていてもいいかしら？」

その言葉に、俺は一瞬だけ戸惑った。

彼女の手は震えているわけでもなく、むしろ穏やかに俺の手を包んでいる。ラーナ様が俺を必要としている。そう感じた瞬間、俺は軽く彼女の手を握り返した。

「もちろんです。ラーナ様が安心できるまで、こうしていましょう」

彼女が両肩から外していた服を整えている間、片手を繫《つな》いだままだった。俺たちはそのまま、しばらく静かな時間を過ごした。

◇

ラーナ様は、ここ最近どんどん積極的になっている。俺が彼女の診察をするようになり、体調を見守っていると、不意打ちで話しかけてきたりする。

「ソルト先生、今日は私の体の調子はどうかしら？」

以前のラーナ様なら、男性に対してこれほどまでに気軽に声をかけることなど考えられなかった。

それなのに、今ではまるで別人のように、俺に話しかけるのが自然になっている。

そして、その笑顔には以前のような不安や恐怖は見られない。

「ええ、とても良さそうです。体調は安定しているみたいです」

俺が応じると、ラーナ様は嬉しそうに微笑んだ。

その笑顔を見るたびに、彼女がどれだけ回復してきたのか実感する。

「それはよかったわ。これも全部、ソルト先生のおかげね」

呪毒の後遺症も心配していたが、どうやら何も後遺症がなく治療を完了できそうで良かった。

何よりも男性恐怖症に対しても、ラーナ様は、少しずつ俺に歩み寄るように話しかけてくる。

以前のように距離を取ることもなく、むしろ積極的すぎてこちらの方が戸惑うほどだ。

そんなラーナ様の変化に気づいているのは、俺だけじゃない。

診察室の片隅で見守っているフレイナやアリアも、彼女の変わりように驚いていた。

「……ラーナ様、随分と明るくなられましたね」

最近は二人を気にすることなく、執務室でも診察することが増えてきた。

それだけラーナ様が俺に慣れてきたということだろう。

執務室にはフレイナがいて、俺の方がラーナ様に圧倒されていることに笑っている。

「ええ、本当に。まさか、あのラーナ様がここまで男性と自然に話すようになるなんて」

少し驚いた顔で呟《つぶや》くのは、アリアだ。

彼女は、定期的にラーナ様の診察に来ているのだが、俺がどのように診察するのか見てみたいということで、いつも通りの診察をしていると、相当に驚いたようだ。

アリアも驚きはあるようだが、どこか安心した表情を浮かべている。

「これもソルト先生のおかげね。彼が私の恐怖を少しずつ取り払ってくれたのよ」

ラーナ様が俺に向けて微笑む。

その様子にフレイナもアリアも顔を見合わせて、小さく笑い合った。

「相当な変わりようだな」

「ああ、まぁ元気になってくれて本当に良かったですね、ラーナ様」

フレイナとアリアがラーナ様の元気を喜びつつ、俺に向けて軽く頭を下げた。

「ありがとう、フレイナ。ソルト先生には、これからもお世話になるわ」

ラーナ様は俺をまっすぐに見つめ、その瞳には感謝と信頼が込められていた。

彼女の態度はますます積極的になり、俺の胸にほのかな温かさが広がる。

アリアも静かに微笑んでいたが、彼女もまたラーナ様の変化を嬉しく思っているのが伝わってきた。

彼女たちの笑顔に囲まれて、診察室は穏やかな空気に包まれていた。

第六話　副団長クルシュ

私は、第四騎士団副団長という立場に疑問を抱き始めていた。

最近の騎士団が、ソルト殿の加入によって少しずつ変わり始めていることに、気づいていた。

これまでの騎士団は、女性だけの場所であり、私たちはラーナ様の理念を共有していた。男性に頼らず、自らの力で立ち向かう。それが私たちの誇りだった。

だが、ソルト殿が団に関《かか》わり始めてから、少しずつその空気は変わってきた。

「……フレイナ様も、ラーナ様も、あの方を信頼しすぎているのでは？」

私は、そんな思いを心の奥に抱えつつ、騎士団内での様子を見つめていた。

確かに私自身も命を助けられて恩義を感じている。

団員たちも、最初は彼に対して不信感や抵抗を示していたけれど、遠征の際に彼に助けられた者は少なくない。

聖属性の治癒の力を目の当たりにしてから、次第に彼を受け入れている。

もちろん、ソルト殿がフレイナ様の毒を浄化して、命をかけてラーナ様を救ったことは素晴らしいことだ。

それに、彼が団員たちの傷を癒やしてくれたことも事実だ。

彼の聖属性の魔法がどれだけ強力か、そして私たちがどれだけ助けられたかもわかっている。

それでも、心のどこかで彼を受け入れ切れない自分がいた。

「クルシュ様、最近、あんまり笑っていないのです」

メイが私に軽い口調で話しかけてきた。彼女は明るくて、よく私のことを気にかけてくれる。だが、彼女の無邪気な言葉に私は答えられなかった。

「私は……」

何を言えばいいのだろう？　自分でもわからない。

第四騎士団の変化にどう向き合えばいいのか？　私自身が変わるべきなのか、それともこの変化にただ身を任せればいいのか？

「クルシュ様、ソルトさんが来てからみんな元気になったのです！　それに、ラーナ様も笑顔を取り戻したし、団員のみんなも、前より安心して戦えるようになっているのです！」

メイは、そんな私の葛藤《かっとう》を察してか、嬉《うれ》しそうに彼のことを褒めて聞かせてくる。

メイ自身も、ソルト殿に命を助けられたことで、少なからず恩義以上の感情を抱いていることはなんとなく理解していた。それが間違っているわけではない。

むしろ、彼が私たちにとってどれだけ大切な存在になっているのか、頭では理解している。でも、私は……どうすればいいのだろう。

「メイ……私は、無属性であり、ソルト殿のような活躍はできない」

無意識に、ぽつりとこぼれた言葉。それは、誰にも言わなかった私の悩みだった。

「無属性で、魔法が使えない私は、本当に副団長としてふさわしいのだろうか？」

私の言葉に、メイは少し驚いた表情を浮かべた。

彼女は私が抱えるコンプレックスを知っている。

無属性であることが、どれだけ私の中で重い枷《かせ》となっているのかをフレイナ様とメイには話したことがあった。

「クルシュ様は強いのです！　魔法が使えなくても、剣の腕が立つのです！　みんな尊敬してるのです！」

「でも、それだけじゃ……」

今後の活躍ができるのかわからない。

実際にソルト殿に助けてもらわなかったら、私はワイトキングとの戦いで死んでいた。

メイに自分の感情をこぼしてしまったことを悔いる。

私は自分の弱さを隠すことができなかった。

騎士団に変化が訪れ、自分だけがその波に乗り切れていないような気がしていた。

ソルト殿は団員たちの信頼を勝ち取り、ラーナ様やフレイナ様にも認められている。

そんな彼を見ていると、自分の無力さがより際立つように思えてしまうのだ。

「クルシュ様は、誰よりも副団長にふさわしいのです！」

メイはいつも私を尊敬してくれて、優しく接してくれる。

彼女自身にもコンプレックスがあることを私は知っているし、また彼女が常に明るくあろうとしていることを知っている。

だからこそ、メイの声が私を励ましてくれる。

それでも、私は自分の心の中に広がる不安を完全に振り払うことはできなかった。

私は、両親の顔を知らない。生まれた時から孤児として貧民街で生きていた。

貧民の生活は過酷で、生きるために必死だった。

八歳の頃には、すでに自分で物乞いをし、時には盗みを働くこともあった。

食べるものがなくて、お腹《なか》が空いて、寒くて、誰にも頼れない毎日。

貧民街の子どもたちはみんな、そうやって生きていた。

そんなある日、ラーナ様が炊き出しを行っていた。

貧民街に現れた彼女の姿は、まるで女神様のように見えた。

私はその炊き出しに並んでスープを手にした。あの温《あたた》かさは、今でも忘れられない。

お腹だけでなく、心まで温かくなった気がした。

「あなた、お名前は？」

ラーナ様にそう聞かれた時、私は言葉が出なかった。

ただ、震えながら彼女を見上げていた。名前なんて、まともに呼ばれたことがなかったからだ。

貧民街では、名前よりも生きるための力が重要だった。

「そう、名前もないのね。ねぇ、これからあなたのことはクルシュと呼んでも良いかしら？」

「クルシュ？」

「ええ、クルシュ。それがあなたの名前よ」

私は初めて、自分だけのものを手に入れた。

それが名前であり、ラーナ様から与えてもらったものだ。それからの日々は私にとって、夢のような時間だった。

私と同じ境遇の女の子は、ラーナ様が様々な家に引き取りをお願いして、私はフレイナ様のお家に引き取られた。

フレイナ様の家は代々、コーリアス領で騎士を輩出する家系で、私も厳しい訓練を受けることになったが、フレイナ様、そして、フレイナ様の兄上様に鍛えていただき、お腹一杯にご飯が食べられるようになった。

ラーナ様は私を貧民街から救い出してくれた。私に名前をくれた。あの日、あの瞬間から、私は新しい人生を歩むことになった。

私はフレイナ様と出会った。彼女は強くて優しくて、私にとっては姉のような存在だった。フレイナ様は私を守り、教え、育ててくれた。

剣術を教わったのもフレイナ様からだった。

だけど、年齢を重ね属性のことを知り、無属性である私には、魔法を使うことができなかった。

それでもラーナ様に恩を返したくて、剣術を頑張った。

ありがたいことに剣術には才能があった。フレイナ様はそんな私を見て、根気強く教えてくれた。

「クルシュ、お前には剣の才能がある。自分を信じなさい」

フレイナ様のその言葉が、私の原動力だった。

無属性だから魔法は使えないけど、剣なら誰にも負けたくない。そんな思いで、毎日剣の稽古に打ち込んだ。

そして、少しずつ成果が出て、私は第四騎士団の副団長にまで上り詰めた。

でも、その道のりが平坦《へいたん》だったわけではない。

剣術に打ち込むことで、団員たちの中で強さは認められるようになったが、心の中には常に不安があった。私がここまで来られたのは、本当に自分の力なのだろうか？

ラーナ様やフレイナ様が、私を身内のように思ってくれているからこそ、副団長にしてくれたのではないか？

団員の中にはそのように囁《ささや》くものがいて、私自身も疑念があった。

本当に自分は強いのか？　そしてラーナ様やフレイナ様のお役に立てているのか？　彼女たちが私を贔屓《ひいき》しているのではないか？　そう思うたびに、剣を振り、何度も自分に問いかけた。

「私は本当に、この立場にふさわしいのか？」

強さだけではない。団のまとめ役として、そして副団長としての責任を果たさなければならない。それが私の役割だとわかっている。

それでも、ラーナ様やフレイナ様の影が大きすぎて、自分の力でここまで来たという自信を持てなかった。いつも、自分を信じ切れないまま、剣を振り続けていた。

◇

最近、ラーナ様が変わった。部下がそんな噂話《うわさばなし》をしているのを耳にした。けれど、私にはその変化の意味がわからない。

確かにソルト殿が来てから、雰囲気《ふんいき》が変わったことは理解しているが、ラーナ様がソルト殿に信頼を寄せているということではないのだろうか？

「ラーナ様、最近本当に元気になられたよな」

部下たちと同じようにフレイナ様からもそんな話題を振られて、私は無言で頷《うなず》いた。

確かに、ラーナ様の体調は回復している。それは私にも見て取れる。

だが、フレイナ様や他の団員たちが言う「変化」の意味が、私には理解できなかった。

「確かにお元気になられましたね。前よりも精力的に仕事をされていると思います」

「だな。これもソルト殿のおかげだな」

「えっ？　どうしてソルト殿のおかげなのですか？」

「何を言っているだクルシュ？」

「そうなのです、クルシュ様。ソルトさんに命を救われてから、ラーナ様は変わられたのです」

「うん？」

フレイナ様とメイが不思議そうな顔をして私を見た。

ラーナ様が元気になられたことや、精力的に働いていることは私にも理解できる。

だが、それがどうしてソルト殿のおかげなのか？　治療をしたからだろうか？　今までと何が違うのか、私にはわからない。

ラーナ様は昔からご立派な方で、いつも通りに戻っただけだ。

それだけのことではないのか？

「ラーナ様、最近ソルト殿にすごく優しい顔してるんだよ」

続けて、フレイナ様は穏やかに笑って言った。

「それは、私たちに見せていた顔とは違うんだ。わからないかな？」

フレイナ様がラーナ様の変化について説明をしてくれるが、理解できない。

その言葉に、私は一瞬考え込んだ。ラーナ様がソルト殿に優しく接していることは知っている。

だが、それが「私たちに見せる顔とは違う」と言われても、その差がよくわからない。

「何が違うのか、私には理解できません」

頷いて話を合わせることも考えたが、正直に答えると、フレイナ様は少し驚いた表情を見せた。

その時、メイが軽い笑い声をあげて、私の肩を叩《たた》いた。

「クルシュ様、それはラーナ様がソルトさんに恋をしているからなのです！」

メイの断言するような言葉に、私は首を傾《かし》げた。

「恋？」

その言葉が一瞬理解できなかった。私は「恋」という言葉を耳にしたことはあるが、それがどういう感情なのかは理解できない。私は恋をしたことがない。

「そうなのです！　ラーナ様は、ソルト様のことが好きなんですよ。だから、いつもとは違う顔をしているんです！」

メイは楽しそうに、笑いながらそう言ったが、私にはその説明がまるでピンとこなかった。ソルト殿に恋をしている？　何を言っているのか、私にはわからなかった。

「それは、恩と何が違うんだ？」

私は素で問いかけてしまった。フレイナ様とメイが一瞬、何も言えなくなったように見えた。それが彼女たちにとって、予想外の質問だったのだとすぐに気づく。

「クルシュ様？」

メイは困ったように苦笑いしながら言った。

「恩と恋は、全然違うものなんですよ。恩は感謝の気持ちで、恋は……胸がドキドキしたり、誰かと一緒にいたいと思ったりする感情なのです！」

ドキドキ？　一緒にいたい？　私はさらに混乱してしまった。そんな感情、私は一度も感じたことがない。

胸がドキドキする？　一緒にいたい？　それは一体どういうことなんだろう？

「クルシュ、お前、本当に恋をしたことがないのか？」

フレイナ様からも問いかけられるが、私は首を横に振った。

私は今まで、そんな感情を抱いたことは一度もない。私にとって、恩義を感じること、感謝することが全てだった。ラーナ様やフレイナ様には深く感謝している。

そしてソルト殿にも、命を救っていただいた恩がある。しかし、それ以上の何かを感じたことはない。

「私には、恋というものがわかりません」

フレイナ様とメイはしばらく沈黙した。

私はただ、自分が何かとても大切なことを理解できていないのだということだけは、わかった。

「クルシュ……恋っていうのは、相手を大切に思う気持ちで、ただ感謝するだけじゃないんだ」

フレイナ様が優しい瞳で私に諭すように説明してくれる。

「それは、自分の中から湧き上がってくる感情なんだよ。ソルト殿と一緒にいる時、何か違うことを感じたことはないのか？」

私は考え込んだ。ソルト殿と一緒にいる時、特別な感情を感じたことはない。

ただ、彼に助けてもらったこと、そして彼が私にとって信頼できる仲間であるということ。だが、それは恋とは違うのだろうか？　何かが違うように思えた。

「私は、恋を知らないのです」

「うーん、難しいのです……」

メイは少し困った顔をしていた。

「クルシュ様、いつかきっとわかる時が来ると思うのです！　だって、ソルト様は本当に優しいし、きっとクルシュ様の心を動かす時が来るのですよ！」

メイの言葉に、私は少し戸惑いを覚えた。心を動かす……？　そんなことが、自分に起こるのだろうか？　私はまだ、それが理解できない。

自分の心が何かを感じる時が来るのか、それとも、私はずっとこのまま他人の感情を理解できないままでいるのか。

だが、フレイナ様やメイが言う「恋」という感情を、いつか知りたいという気持ちが、ほんの少しだけ、私の中に芽生えたような気がした。

その感情が何なのか、まだわからない。

ただ、私は彼女たちが感じている「何か」を、少しでも理解できるようになりたいと思った。

◇

ラーナ様がソルト殿に向ける視線には、最近変化がある。

それは、私には理解できないものだと理解した。

フレイナ様も、そしてメイもその変化を「恋」だと言っているけれど、私はまだその感覚がわからない。

私には、恋愛というものがどういう感情なのか、どうやってそれを理解すればいいのかが全くわからないのだ。

私にとってラーナ様は、恩人であり、家族のような存在。そしてソルト殿は命の恩人でもあり、騎士として尊敬すべき相手だ。

それ以上の感情なんて考えたこともない。

だが、ラーナ様は、ソルト殿に対してこれまでの男性とは違う態度を見せている。

ソルト殿がラーナ様の男性恐怖症を少しずつ克服させているのだろう。

最初は手を握るだけでも緊張していたラーナ様が、今ではソルト殿の前では柔らかい笑みを浮かべ、彼に積極的に話しかけるようになっている。

それを見ていると、私の胸の奥に何かがモヤモヤと湧き上がる。

この感情がなんなのか理解できない。ただ、自分が何かを失っているような、そんな感覚だった。

今日も、ラーナ様はソルト殿と一緒にいる。

私はいつものように訓練場で剣を振り、体を鍛えていたが、ふと、脳裏にソルト殿の姿が浮かぶ。ソルト殿の側にいることで、何かが見えるかもしれない。

その時、メイが隣に立って声をかけてきた。

「クルシュ様、最近ちょっとぼーっとしてるのです」

「そんなことはない。私はただ、剣術のことを考えていただけだ」

「嘘《うそ》なのです！　私にはわかるのです！　クルシュ様、ソルトさんのことを考えていたのです。どう思っているのですか？」

「ソルト殿のこと？　私はただ、彼に恩義を感じているだけだ。騎士として命を救ってもらった。それ以上の感情などわからない」

メイは私の答えに、少しだけ驚いたように目を見開いた。

「クルシュ様、それは恩義じゃないのです。ソルトさんへの気持ちは、ラーナ様が抱いているものと同じかもしれないのです」

「それはどういう意味だ？」

「ラーナ様がソルトさんに感じているのは、ただの感謝じゃないのです。もっと、特別な感情なのです。それが『恋』なのです！」

私はメイの言葉に戸惑いを覚えた。

「恋？　私にはわからない……。それがどういうものか、どう感じればいいのか……」

「クルシュ様は、きっとまだ気づいてないだけなのです！　ソルトさんともっと一緒にいれば、きっとその気持ちがわかるようになるのです！」

私はメイの言葉に耳を傾けながら、自分の心の中で何かが揺れ動いているのを感じていた。

確かに、ソルト殿と過ごしていると、心が落ち着くような、安心感を抱くことがある。それが「恋」だというのなら……私はどうすればいいのだろうか？　ラーナ様も、ソルト殿に対して同じ感情を抱いているのだとしたら……その時、ラーナ様が私に声をかけてきた。

「クルシュ、少し話があるのだけれど、いいかしら？」

「はい、ラーナ様」

ラーナ様は優しく微笑《ほほえ》みながら言った。

「実は、あなたにソルト先生の専属騎士をお願いしたいの」

「私が……ソルト殿の専属騎士をするのですか？」

「そうよ。あなたには、彼を守ってもらいたいの。ソルト先生は聖属性として第四騎士団にとって必要な人です。あなたの実力を信じています。それにソルト先生に助けられてあなた自身も恩義を感じていると思うの。その恩を専属騎士になって返してはどうかと思うの」

ラーナ様の提案は私にとってありがたい申し出であり、メイが言う「恋」を知ることができるかもしれない。

「今後も私たちの騎士団にとって欠かせない存在になってくれるでしょう。だけど、彼はまだ冒険者として一人で戦うこともある。だから、あなたのような信頼できる騎士が彼の側にいることが必要だと思うの」

「ラーナ様……私は、その役目にふさわしいのでしょうか？」

そうだ。私は無属性であり、ソルト殿を守れる力が私にあるのだろうか？

「もちろんよ、クルシュ。あなたは私たちの中で一番強く、誠実で、信頼できる騎士よ。それに、あなたが彼の側にいることで、きっとあなた自身も何か新しい発見をすることができるはずよ」

ラーナ様の言葉に、私は胸の中で何かが温かく広がっていくのを感じた。ラーナ様は私を信じてくれている。

まだ自分の気持ちははっきりとわからない。だけど、ソルト殿の側にいることで、私にも何かが見えてくるのかもしれない。

「わかりました、ラーナ様。私はソルト殿の専属騎士として、彼を全力でお守りいたします」

「ありがとう、クルシュ。あなたならきっと、彼を守り抜けるわ」

私はラーナ様の言葉に深く頷きながら、胸の中に湧き上がる決意を強く感じていた。

ソルト殿の側にいることで、私は新たな自分を見つけられるかもしれない。

そして、その感情が何なのかを、いつか自分で理解できる日が来るのだろうか。

第七話　愛がわかりません

ラーナ様の診察を終えた俺が訓練所の前を通ると、クルシュが一人で剣を振っている光景が目に入った。

片手に剣、片手に盾を持ち、その動きは無駄がなく正確だ。

だが、彼女の顔はどこか険しく、焦りすら感じさせる表情を浮かべていた。俺はその姿に、何か違和感を覚えた。

「クルシュは、いつもあんな感じなのか？」

隣に立っていたメイに、思わず尋ねる。彼女もクルシュの様子を見つめていた。

「そうなのです！　クルシュ様は、いつも一人で訓練しているのです」

メイはいつもの明るい声ではなく、どこか寂《さび》しげな表情を浮かべている。

「なんで一人なんだろう？　副団長なら、もっと団員と一緒に訓練する時間があるんじゃないのか？」

メイは俺の質問に少し困った顔をしながら、言葉を選びつつ説明を始めた。

「クルシュ様は、無属性なのです。だから魔法が使えないのです。他の人たちは魔法を使って戦闘を行うのですが、クルシュ様はそれができないので、一人で訓練をされているのです」

俺は少し驚いた。無属性か。

この世界において、魔法を使えない者は少ない。

騎士団の副団長ともなれば、基本的に何らかの属性を持ち、魔法の一つや二つは使えるものだ。だが無属性は、聖属性と同じく希少性が高いとはいえ、歓迎されることはない。無属性だけは、外へ放つ魔法が存在しないと言われているからだ。

「そうか……だから、あんなに一生懸命訓練をしているんだな」

それは多くの場所で常識であり、そして、俺の中では非常識でもあった。

「はい、そうなのです。クルシュ様は魔法が使えないから、誰よりも剣と盾の扱いを鍛えたのです。片手剣と片手盾を使った戦い方なら、団内でも一番強いのです！」

メイは胸を張って自慢げに話すが、その口調からも、クルシュに対する敬意と、どこか心配する気持ちが伝わってくる。

「でも、クルシュはそれでいいのかな？　無属性であることを気にして、ずっと一人で訓練しているのは、寂しい気がするんだけど」

俺はつい口に出してしまった。彼女の姿が気になって仕方なかった。

彼女が無属性であることを理由に、どれだけ孤独な戦いを強いられてきたのか、想像することしかできない。

「クルシュ様は強い人なのです。だから、無属性のことで誰にも弱音を吐かないのです。でも、私は知っているのです。クルシュ様が本当はどう思っているのか……」

メイの声が少し小さくなる。俺は彼女の方を見た。

彼女の目には優しさと、同時に悲しみの色が浮かんでいる。

「クルシュ様はいつも、自分は副団長にふさわしいか悩んでいるのです。無属性だから、みんなに迷惑をかけたくないって……だからこそ、誰よりも強くならなければいけないって思って、必死に剣を振っているのです」

俺はその言葉に、胸が締め付けられるような気持ちになった。クルシュが孤独に戦い続けている理由が、少しだけわかった気がする。

「副団長として悩んでいるか。みんな、彼女のことを認めているんじゃないのか？」

俺はそう言いながらも、クルシュの孤独をどうすればいいのか、まだ答えが見つからない。

「もちろん、みんなクルシュ様のことを尊敬しているのです！　無属性で魔法が使えなくても、クルシュ様の努力は本物で、多くの団員が命を救ってもらったのです。でも、クルシュ様自身が、自分を信じ切れていないのです。無属性であることがずっとコンプレックスだったからなのです」

メイの言葉に俺はうなずいた。彼女はいつも明るい笑顔を見せてくれるが、その笑顔の裏に、クルシュへの深い思いやりが隠されていた。

彼女は広い視野を持っていて、よく人のことを見ている。

「無属性……か。俺に何かできることがあればいいんだけど」

そうつぶやくと、メイは「ぬふー」と小さな声で喜びながら、袖を引っ張ってきた。

「ソルトさん、クルシュ様のことを助けてあげてほしいのです！　ソルトさんなら、クルシュ様にとって大きな力になれると思うのです！」

その言葉に、俺は自分が彼女にできることを考え始めた。無属性だからこそ、彼女が抱えている悩みは深い。でも、少しでもその負担を軽くしてあげられるかもしれない。

一人で戦い続けるクルシュの姿を見つめながら、俺は心の中で静かに決意した。

◇

いつも通りラーナ様の男性恐怖症の診察を行って、二人で話を終えると、クルシュが執務室へとやってきた。

「クルシュ？」

「よく来てくれたわね」

どうやらラーナ様がクルシュを呼んだようだ。

「失礼します！　ラーナ様、ソルト殿」

「えっと？」

「ソルト先生、あなたは今後も第四騎士団にとってかけがえのない存在になると私は思っています」

「ラーナ様」

ラーナ様の言葉に感動すると同時に、そのように思われていたことに戸惑いを感じた。

「そのため、これからクルシュを専属の騎士として配属したいと思います。彼女はソルト先生に救われた恩を返したいと思っていました。また、第四騎士団の中で、フレイナと共に私が信頼する人物です。彼女の強さと思いを受けていただけますか？」

クルシュの顔を見て、ラーナ様の言葉を噛《か》み締《し》める。

自分に護衛が必要だとは思っていないが、これはラーナ様とクルシュからの好意なのだ。簡単に断って良いことではないだろう。

「わかりました。そこまで考えていただき、ありがとうございます」

ラーナ様の顔を見ていると、彼女自身が俺に対して少しずつ心を開いてくれていることが感じられた。

男性恐怖症を少しずつ克服しつつある彼女の姿に、俺も心が温かくなるのを感じていた。

それから数日、俺はラーナ様と共に過ごす時間が増えたが、常にクルシュがその場に付き従っていた。

彼女は静かに、だが毅然《きぜん》とした態度で俺たちの背後を守ってくれている。

そして、不思議なことではあるが、俺が恥ずかしいと思う行動に対して、ラーナ様は同じように恥じらいを見せるが、クルシュは何も感じていない様子だ。

「クルシュ、いつもありがとう。護衛といっても、ここではあまり危険なことはないと思うぞ」

医務室やラーナ様の診察中も付き従うクルシュに、俺は軽く感謝の言葉をかけた。

クルシュは真剣な表情で「これは私の任務です」と短く答えた。彼女の真面目《まじめ》な態度には、いつもながら感心させられる。

そんな折、騎士団に冒険者ギルドからの調査依頼が届いた。

それは俺が第四騎士団の助っ人として医務室にいるからこそ届いた依頼だった。

どうやら冒険者ギルドは、俺が聖属性であることを知っているようだ。

依頼主は、冒険者ギルドの副ギルドマスターで、俺への指名依頼として、ラーナ様から説明を受けた。

「どうやら、ソルト先生の力を貸してほしいという依頼のようね。聖属性を扱う冒険者は非常に貴重だから、ギルドもあなたの活躍を期待しているようなのです」

「そうですか……冒険者ギルドからの依頼なら、断る理由もありません。俺は冒険者ですから。どんな内容なのか、冒険者ギルドに行って確認してみます」

「私も同行します。ソルト殿の専属騎士ですから、しっかり護衛いたします」

俺とクルシュは騎士団を後にして、冒険者ギルドへと向かった。

コーリアス領内に来てからは冒険者ギルドにやってくるのは久しぶりだ。

冒険者ギルドの扉を開くと、王都の上品な様子とは違って、辺境ならではの荒くれ者たちの視線がこちらに向けられた。

受付に向かって歩いていくと、三人組の男たちが立ち上がってこちらに近づいてきた。

「おいおい、どうして女騎士団の副団長様がこんなところにいるんだ？」

「しかも男を連れているなんて、珍しいじゃねぇか？　とうとう、剣術じゃなくて、女を使うようになったのか？」

下衆《げす》の勘繰りと言えばいいのか、クルシュに絡む冒険者の男たちが、クルシュを取り囲んでいく。

「任務だ。どこかに行ってくれ」

「はぁ？　おいおい、せっかく冒険者ギルドに来たんだ。お酌の一杯でもしてくれよ」

「そうだそうだ。お高く止まりやがって、俺たち冒険者の酒は飲めねぇのか？」

「それとも何か、隣の男と一緒じゃなきゃ怖いってか？　ギャハハハハ」

クルシュをバカにする男たちの様子に、俺としてもこれ以上我慢するつもりはない。

俺が一歩進もうとしたところで、クルシュに止められる。

「黙れ、ゲスが。貴様らに使う時間はないと言っているのだ」

「あぁ？　誰がゲスだって？」

「舐《な》めてんのか？　騎士団が偉いとでも？」

「そんなことは言っていない。貴様らだけがゲスで、全ての冒険者を否定はしない」

「はっ⁉　バカにしてんじゃねぇ！」

男が殴りかかっていくが、それをクルシュは軽く避けて、男に足をかけて転がす。

さすが第四騎士団副団長様だ。戦い慣れている。

だが、男たちは何かを狙っている様子で、クルシュは背後に気づいていない。四人目の男が棍棒《こんぼう》を振りかぶって現れる。

「『ホーリーインパルス』」

俺は瞬時に親指で弾くように聖属性魔法の衝撃波を飛ばして、棍棒を持った男を壁に吹き飛ばした。

続け様に他の三人も吹き飛ばして、クルシュに近づいていく。

「ソルト殿！　私一人でも」

「うーん、あまり大事にしたくはなかったのですよ。騎士団と冒険者が揉《も》めているとね」

「あっ！」

どうやら俺が言いたいことを理解してくれたようだ。

「すまない」

「いや、気にしなくていい。悪いのはあちらだからな」

クルシュに難癖をつけて、何かしらの賠償を求めようとしたのか？　それともクルシュ自身が狙いだったのか、奴《やつ》らが、俺が所属する騎士団をバカにしたことに間違いはない。

クルシュはばつが悪そうな顔をして、自らの美しい銀髪を掻《か》き上《あ》げた。

黙っていれば美しいのに、騎士団で男勝りな態度を取るように指導でもされているのだろうか？　クルシュは助けられて戸惑った顔をしていた。

「何事ですか⁉」

冒険者を倒してしまって、これからどうしようか悩んでいると、冒険者ギルドの受付さんがやってきた。

赤茶色の髪を頭の上で束ねたお団子ヘアーにメガネをかけた知的美人さんが、状況を確認するようにギルドの中を見回す。

他にも冒険者がこちらを見ているが、誰も近づいてこようとはしない。

「すまない。冒険者同士のいざこざだ」

「あなたは？」

「俺はこういうものだ」

俺の冒険者証を見せて身分を証明する。

冒険者証を見て、受付さんは驚いた顔を見せた。

「《聖光《せいこう》》のソルト様！」

やめてくれ〜。恥ずかしい二つ名を叫ぶのは……。

「セイコウ？」

俺の背後で、首を傾《かし》げるクルシュ。

だが、冒険者ギルドの中は次第にザワザワとし始める。

「おいおいマジかよ！」

「あれが聖光!?」

「うわ!?　こんな田舎《いなか》にかよ!?」

ざわつく冒険者ギルド内の様子に、俺はため息をつきたくなる。

「はい！　聖なる光を使うヒーラー兼短剣使い。幼馴染《おさなな》み《じ》の《剣聖》アーシャ様と、《緻《ち》密《みつ》な魔導士》シンシア様のパーティーは、王都でも有名なAランク冒険者様パーティーなのです！」

全部言うなよ！　二人の功績が大きいので、俺はただ回復と偵察をしていただけだ。あまり誇れることではないので、大きな声で言ってほしくない。

「そんな凄《すご》い冒険者だったのか？　だからワイトキングを一人で討伐できたのだな」

クルシュ、今はそんな余計なことを言うのはやめてくれ！　誤解を生むよね？　わかるでしょ？

「まぁ！　その話は初めて聞きました！　ワイトキングは天災の一種と言われるような魔物です。発生した際には、Aランク冒険者が束になっても討伐が難しいと言われています！」

なんで全て大きな声で言うんだ？　ちょっと芝居がかって見えるのは俺だけか？

「相性がね、よかっただけなんだよ」

死属性のワイトキングに対しては、聖属性がある俺の方がどうしても有利なのだ。

「そうだったのか！　それで全て納得できた。ソルト殿はやっぱり騎士団に必要な人材だ！」

うん。純粋な瞳でキラキラと俺に尊敬の目を向けないでくれ。

クルシュは良い意味で素直であり、悪い意味で純粋すぎる。きっと疑うことを知らないんだろうな。

「何よりも、ソルト殿の意外な経歴と二つ名を知ることになったな」

「私も知らない功績を知ることができて嬉《うれ》しいです」

なぜ、受付さんとクルシュは握手を交わしているのだろうか？　二人の奇妙なやりとりに呆《あき》れていると、倒れていた冒険者が立ち上がって問いかけてきた。

「あっ、あんたが聖光のソルトってのは本当か？」

「その呼び名は好きじゃないが、本当だ」

「ゆっ、許してくれ！　第四騎士団の奴らが来たから、ちょっとからかってやろうとしただけなんだよ！」

「ひっ！　浄化されて消滅させられる！」

「俺たちは、汚物でも浄化される悪霊でもねぇよ！」

三人が悲鳴をあげて後ずさる。

「冒険者って、第四騎士団と仲が悪いのか？」

「そうじゃねぇよ！　あんたも男ならわかるだろ？　あれだけの上玉揃《ぞろ》いなんだ。相手をしてもらいたいって思うのが男のサガってやつだろ？」

男にニヤニヤと見つめられても全く嬉しくない。

確かにクルシュは絶世の美女で、ラーナ様は爆乳、フレイナやメイも美人だったり可愛《かわい》かったりして、美女美少女揃いだな。

普段は、彼女たちの専属回復術師という立場から容姿を気にしないようにしていたが、改めて別の男に言われると納得してしまう。

「わからないでもないが、今後はやめとけ。俺が彼女たちのバックに付くからな」

「うっ！　わっ、わかったよ。さすがにAランクに逆らうほど俺たちはバカじゃねぇよ」

そう言って三人は立ち去っていった。

地方に来るとどうしても荒くれ者が増えるので、治安も悪くなる。

ところで、他の冒険者に俺ってどう思われているんだろうな。

「あの、ソルトさん！　本日はどのような用件で？」

受付さんが目をキラキラさせて、あざとい視線を向けてくる。

「今日は冒険者ギルドからの指名依頼を受けに来たんだ」

「指名依頼ですか⁉　すぐに調べさせていただきます」

受付が調べてくれた結果、すぐに副ギルドマスターとの面会が手配され、副ギルドマスターの部屋へと案内された。

「ようこそ、ソルトさん。冒険者ギルド副ギルドマスター、リナ・カストルだ。受付のトワに聞いたよ。どうやら揉め事があったようで、管理者として申し訳ない」

「いえ、大事にならなかったので、よかったです。気にしていません」

「そう言ってもらえると助かるよ。聖属性を扱う冒険者は非常に珍しい。ギルドも君の実力を評価しているので、今回の依頼はどうしても受けてほしかったんだ」

部屋の中で待っていたのは、冒険者ギルドの副ギルドマスターだった。彼女は鋭い眼差《まなざ》しと落ち着いた態度で俺たちを迎え入れ、俺に微笑《ほほえ》みかけた。

「それで？　今日はどんな依頼ですか？」

リナは少し真剣な表情に変わり、手元の資料を広げた。

「実は、コーリアス領付近で奇妙な現象が起きている。瘴気《しょうき》が急激に広がり、一部の村では住民たちが体調を崩しているんだ。それが普通の病ではなく、魔物の影響である可能性が高いとされている。聖属性を持つ君の力があれば、原因の特定や、瘴気の浄化が期待できるだろう」

瘴気……またか。以前ラーナ様が体調を崩した原因も瘴気だった。

あの時は呪毒《じゅどく》にまで発展してしまったが、今回はまだそこまでひどくはないだろうか。

「俺はその調査に当たるつもりだ。クルシュ、君も共に行ってくれるか？」

「もちろんです、ソルト殿。あなたは私が守ります」

リナはその様子を見て満足そうに頷《うなず》いた。

「ありがとう、良い返事だ。君たちの調査と報告に期待しているよ。くれぐれも気をつけてくれ」

私たちは副ギルドマスターの言葉に頷き、冒険者ギルドを後にした。

騎士団に戻り、ラーナ様の執務室に入ると、彼女はいつものように机に向かっていた。

俺の気配に気づいたラーナ様は、優しく微笑みながら顔を上げた。

「ソルト先生、おかえりなさい。冒険者ギルドでの報告をお願いできるかしら？」

「はい、ラーナ様。冒険者ギルドから調査依頼を受けてきました。どうやら、辺境の村で体調不良を訴える村人が急増しているとのことです。瘴気が関係している可能性が高いと聞きました」

俺はラーナ様の近くに座る。男性恐怖症の治療として、極力彼女の近くに座るようにしているのだ。

彼女の手は少し震えているように感じたが、前ほどの緊張は感じない。以前はこの距離ですら辛そうだったが、今では少しずつ落ち着きを見せている。

「その村へ行くということなのね」

「はい。クルシュと一緒に、調査に向かうことになりました。ただ、少し長く不在にするかもしれません。そのためラーナ様に許可をいただきに戻りました。クルシュも今頃はフレイナ様に許可を取りに行っています」

「そうですか、もちろん許可します。領民のためにどうぞよろしくお願いします」

「はい！　もちろんです」

ラーナ様は、そっと俺の手を握ってきた。彼女の手から温もりと、震えから心配してくれているのが伝わってきた。

「調査が終わるまではしばらく帰れないかもしれませんが、できる限り早く戻ります」

ラーナ様は一瞬、寂しそうに目を伏せたが、すぐに微笑んで俺を見つめた。

「大丈夫です。ソルト先生なら、必ず無事に帰ってくると信じています。気をつけて行ってきてください」

彼女の手の温もりを感じながら、俺は頷いた。

この一瞬の静けさの中で、彼女の男性恐怖症が少しずつ癒《い》えていく様子を感じた。そして、俺の役割が彼女にとってどれほど大きなものになっているのかも実感する。

「ありがとうございます。ラーナ様がそう言ってくださると心強いです」

俺は彼女の手をそっと離し、立ち上がった。

ラーナ様は少し名残惜《なごりお》しそうな表情を浮かべていたが、すぐに柔らかく微笑み返してくれた。

「気をつけて、ソルト先生」

俺は一礼し、ラーナ様の執務室を後にした。

◇

クルシュと俺は、馬に揺られながら二、三日かけて、領都コーリアスから離れた病の村にようやくたどり着いた。

旅の途中、広がる荒野や岩山の風景に不安を感じることもあったが、それよりも、村で広がっている病のことが気にかかっていた。

「馬を使ってこれだけの時間がかかるとは、村人たちはどれだけ孤立しているんだろう」

俺が呟《つぶや》くと、クルシュは馬上から岩山を見上げて頷いた。

「何か異常が起きていることを感じます。ソルト殿、この村、普通の場所じゃないかもしれません」

クルシュの言葉に、俺も少し気を引き締めながら、村の入り口に目をやった。

岩山が背後にそびえるこの村は、作物が育たず、土地も荒れ、まさに閉ざされた場所のようだった。村全体がどことなく暗く、空気も重々しい。

「行こう、クルシュ。まずは状況を確認しないと」

俺たちは馬から下り、村へと足を踏み入れた。

村人たちは、病にやられたのか、どこかしら体調が悪そうで、俺たちを見つめる目には警戒と不安が混じっている。明らかに普通の病ではないことが伝わってきた。

「私たちはコーリアス領第四騎士団の者です。村で広がっている病について調査に来ました」

クルシュが村人たちに声をかけるが、最初はみんな、戸惑いの表情を見せていた。俺たちを信用していいものかどうか迷っているのだろう。

だが、俺が回復魔法を使えることを示すと、次第に彼らの態度が変わってきた。

「本当に助けに来てくれたのか？　コーリアスの騎士団が？」

年配の男性が俺たちに近づき、半信半疑といった様子で声をかけてきた。

「そうです。俺は回復魔法が使えます。まずは、皆さんの状態を見せてください。できる限り治療をさせていただきます」

その言葉に、村人たちは感謝の表情を浮かべ、深々と頭を下げた。少しずつ他の村人たちも近寄ってきて、俺たちに自分たちの状況を話し始めた。

「原因不明の病にやられてるって噂《うわさ》は本当かもしれないな……」

俺が呟くと、クルシュも険しい表情で周囲を見回している。

「この村、何かがおかしいですね。気のせいか、空気も重く感じます」

瘴気特有の死臭は漂っていないが、どんよりと重い空気が充満していた。

「……感謝します。本当にありがとうございます。村では次々と人が倒れていって、私たちにはもう打つ手がなくて……」

その言葉に、クルシュも強く頷いた。

「私たちが必ず調べます。そして、村を救う方法を見つけてみせます」

村人たちは次第に俺たちを信用してくれ始め、少しずつ病にかかっている人々を紹介してくれた。村全体が病に侵され、家族や仲間を失った者たちが絶望に沈んでいるのが伝わってくる。

俺はクルシュと共に村を歩き回り、一軒一軒、浄化と回復魔法をかけていった。

少しでも助けになることができればという思いで、全力を尽くした。魔法をかけるたびに、彼らの表情に少しずつ希望が戻るのがわかり、それは俺にとっても励みになっていた。

だが、ある家の前で足を止めた時、他とは違う雰囲気に気づいた。

家の中から、すすり泣く声が聞こえてくる。

俺はクルシュに目配せをして、静かに家の扉を開けた。中に入ると、そこには悲しみにくれる一人の少女がいた。

年齢は十歳くらいだろうか？　彼女は小さな体を丸め、床に座り込んで泣いていた。

そのそばには、横たわる二つの遺体があった。

「……すでに手遅れだったのか」

両親を失った少女の姿が、痛ましく胸に突き刺さった。

その姿はかつての、アーシャやシンシアの姿に重なる。俺たちの村は魔物に襲撃され、俺は二人を連れて逃げ出した。

目の前の少女は逃げることもできず、両親の死を見届けることしかできなかったんだ。

彼女に近づき、言葉をかけようとしたその時、少女は俺に気づき、目を見開いて叫んだ。

「どうして！　どうしてもっと早く来てくれなかったの！　お父さんも、お母さんも助けてくれなかった！　どうして⁉」

少女の怒りは、俺に向けられた。彼女の両親を助けることができなかった俺に向けて、悲しみと絶望の声をぶつけてくる。

俺はその言葉をただ受け止めるしかなかった。少女の悲しみを思うと、自分の無力さが痛いほど身に染みた。

「……すまない」

俺はただ、静かに謝ることしかできなかった。

来るのが遅かったせいで、彼女の大切な人たちを救うことができなかった。

それが事実だ。

泣き続ける少女に何を言えばいいのか、言葉が見つからないまま、俺は家の中を調べた。

奥の部屋で、ベッドに眠る彼女の姉を見つけた。すぐに状態を確認すると、まだかすかに息があり、俺はすぐに回復魔法をかけた。

「どうか、間に合ってくれ……」

魔力を込め、浄化と回復を同時に施す。

しばらくして、姉の呼吸が安定し、顔色が少しずつ良くなっていくのがわかった。彼女はゆっくりと目を開け、俺を見た。

「……えっ？」

驚いた様子で、状況がわからない彼女に少女が抱きついた。

「お姉ちゃん！」

姉は目覚めたが、妹はまだ泣き続けていた。両親を失った悲しみが、彼女の心を締め付けているのだろう。

俺は姉を助けることはできたが、妹の心の傷を癒やすことはできなかった。

「すまない。君たちのお父さんとお母さんを助けられなくて……本当に」

俺は状況を飲み込めていない姉に、謝罪を口にして頭を下げた。

少女はさらに激しく泣きじゃくり、涙が止まらない様子で、姉はやっと理解して、妹の頭を撫《な》で続《つづ》けた。

クルシュがその場に立ち尽くし、俺と少女のやり取りを何も言わずに見守っていた。


村を見回った俺たちは、結局一夜を村で過ごすことになった。

だが、少女の両親を救えなかった悔しさがどうしても心に重くのしかかり、俺はその気持ちを振り払うように村を出て、森へと向かった。

森に入ると、村と同じように不自然な静けさが辺りを包んでいた。

本来なら、生き物の鳴き声や風の音が聞こえるはずなのに、ここには何もない。

静寂が、心に重く響く。そんな中、ふと水音が聞こえた。俺はその音に引き寄せられるように歩みを進めた。

木々の間を抜け、水辺にたどり着いた時、そこにはクルシュがいた。

彼女は裸で水浴びをしていて、澄んだ水が彼女の体を包んでいた。月の光が、森の静けさの中で静かに降り注いでいた。

水面に反射する光が揺れ、その中にクルシュの姿が浮かび上がる。彼女の銀色の髪は、月の光を浴びてまるで星屑《ほしくず》を散りばめたかのように輝き、静かに揺れていた。

鍛え抜かれた彼女の体は、白く、滑らかな肌に包まれている。

戦士としての鋭さと強さを持ちながらも、その肌には女性らしい柔らかさが感じられ、月明かりがその美しさをさらに際立たせていた。

筋肉がしなやかに浮かび上がり、まるで彫刻のような精緻さを感じさせる。水が彼女の体を流れ落ちるが、その冷たさは彼女の表情からは感じられなかった。

クルシュは無表情なまま、月光の下で静かに佇《たたず》んでいる。まるで、この静寂な夜に溶け込み、自然の一部となっているかのように。銀色の髪は背中に広がり、その髪が光を反射して淡く輝いていた。

鍛えられたその体は、戦士としての彼女の誇りと同時に、月の光を受けて儚《はかな》ささえ感じさせる。

俺は、目の前に広がるその光景に一瞬、息を呑《の》んだ。

クルシュは、ただ戦うだけの騎士ではない。その美しさと静かな強さに、何か得体の知れない感情が胸に湧き上がるのを感じたが、すぐにその感情を押し込めた。

「……！」

驚いた俺は思わず木の枝を踏んでしまい、クルシュと目が合った。

「す、すまない！」

俺は慌てて視線をそらし、背を向けた。クルシュのあまりに美しい姿に見惚《みと》れてしまった。こんな無礼なことをしてしまうなんて、俺は顔が熱くなるのを感じた。

「大丈夫です。裸など、見られても減るものではありません」

だが、クルシュは全く気にしていないようだった。彼女の声は淡々としていた。その無頓着な言葉に、俺は少し戸惑った。

そして、思わずアーシャを叱る時のように言い返してしまった。

「いや、そういう問題じゃないだろ！　女性なんだから、少しは恥じらいを持つべきだ」

振り返らずに言ったが、覗《のぞ》いていた自分が言うことではないと反省した。しかし、クルシュは何も気にしていない様子で、再び静かな水音が響いていた。

「恥じらい……ですか」

彼女の声がふと、静かに聞こえた。

「私には、そういう感覚がよくわかりません。騎士としての訓練や戦闘に明け暮れてきた私に、恥じらいなどというものを感じる余裕はなかったのかもしれません」

その言葉に、俺はようやく彼女の無関心さが、単なる無頓着ではないことに気づいた。

彼女は自分自身を守るため、強くなるために、そうした感情を閉じ込めてきたのかもしれない。俺はその言葉に、何も返せなかった。

クルシュが湖から静かに上がり、月光に照らされながら、無造作に体を拭いている。

俺はその姿に一瞬、言葉を失ったが、気を取り直し、もう一度謝罪の言葉を口にした。

「さっきは、本当にすまなかった……」

クルシュは一瞬、俺を見つめたが、すぐに肩をすくめて淡々とした声で答える。

「本当に気にしていません。裸を見られたところで」

その言葉に、俺は思わず口を開きかけたが、クルシュの態度が本当に無頓着であることに気づき、言葉を飲み込んだ。俺はふと、彼女の冷静さに違和感を覚えた。

どうしてそんなに平然としていられるのか。それとも、彼女が感じていることは何か別のものなのだろうか。

「でも……俺には理解できないよ。女性として、自分の体をもっと大切にすべきだと思うんだ。俺は見てしまったことが申し訳なくて」

クルシュはその言葉に少し考え込むようにして、体を拭きながらゆっくりと答えた。

「ソルト殿は、そういう感覚を持っているのですね。でも、私にはその感覚がわかりません。戦場では、体を隠している暇なんてないことが多いですし、裸になることで何か失うものがあるわけでもない。今も体を清めていただけです」

その言葉に、俺は一瞬息を詰まらせた。クルシュが本当にそう思っているのか、あるいは何かを感じていないだけなのか本当に理解できない。

ふと、今日の出来事が頭をよぎり、クルシュの心にもっと触れてみたいと思った。

彼女が何を感じているのか、何を思っているのかを知りたくなった。

「そうか……。なぁ、クルシュ」

「はい？」

「今日、少女に両親を助けられなかったことで責められたのが、俺にはどうしても引っかかってる。もし、もっと早く村に来ていれば、彼女の両親を助けられたのかもしれない。そう思うと……」

俺は言葉を探しながら愚痴をこぼしていた。

「俺は聖属性で、浄化魔法や回復魔法があるけど、いつも間に合うわけじゃない。あの少女にとって、助けに来るのが遅すぎたんだ」

クルシュは一瞬黙り込んだが、やがて冷静な口調で答えた。

「仕方ないことです。誰もがすべてを救えるわけではない。私も何度もそういう場面を見てきました」

その言葉に、俺は驚いた。

彼女が冷静に話すのが、まるで自分の感情を切り離しているように感じられたからだ。

そして、俺がさらに何か言おうとした瞬間、クルシュはポツリと静かな声で言った。

「私は、愛がわかりません」

その一言に、俺は思わず顔を上げた。

「……愛がわからない？」

クルシュは俺を見つめ、真剣な瞳で続けた。

「私は物心つく前に両親を失いました。愛情を受けた記憶はありません。フレイナ様やラーナ様には恩義を感じていますし、騎士団の皆を守りたいとも思っています。でも、それが《愛》なのかはわかりません。今日の少女が、両親を失って泣いていた気持ちも、正直に言うと理解できないんです」

その言葉に、俺は返答に詰まった。彼女の声には感情がなく、ただ事実を述べているだけだった。でも、その中にはどこか孤独が漂っていた。

「クルシュ……」

俺は彼女の言葉にどう答えたらいいのかわからず、ただ彼女を見つめた。

クルシュの目はまっすぐ俺を見ていたが、そこには冷静さとは違う、何か欠けているものがあるように感じられた。

「いつか、君も愛を知る時がくるさ」

「そんな時がくるのでしょうか？」

俺はそれ以上の言葉を紡ぐことができなかった。

◇

夜明け前、空はわずかに青みを帯び始め、村は静かに朝を迎えようとしていた。

だが、その穏やかな空気を突き破るように、突如として耳を劈《つんざ》くような叫び声が響き渡った。

『GYAAAAAA！』

空気を引き裂くような鳴き声に、俺は眠りから目覚める。

「なんだ⁉　魔物の鳴き声か？」

すぐさま外に飛び出すと、目の前には無数の魔物が村を取り囲んでいる光景が広がっていた。

「村が襲われている⁉」

俺は驚きながらもすぐに行動を開始した。

クルシュも先程の叫びで起きていたのか、既に剣を手にしていた。

俺は村の防衛に向かう。村の入り口付近には、巨体の魔物たちが闇の中から現れ、村人たちは恐怖で凍りついていた。短剣を構えて近くにいた魔物を倒した。

辺りを見回せば、村人が逃げ惑い、夕方に助けた姉妹が怯《おび》えて身を寄せ合っていた。

「クルシュ！　あの姉妹を守れ！」

第七話　愛がわかりません

俺は村の外れにいる少女たちのもとへと駆け寄る。両親を失ったばかりの姉妹だ。

彼女たちは再び魔物の襲撃に晒《さら》されていた。

「任せてください！」

クルシュは二人の前に立ち、剣を構える。

魔物たちがこちらに向かって突進してくる。その姿はまさに恐怖そのもので、圧倒的な力でクルシュたちをねじ伏せようとしていた。

「絶対に守る……！」

盾を構え、迫りくる魔物に立ち向かうクルシュの姿を姉妹は見つめていた。だが、数が多すぎた。いくら剣を振るっても、次から次へと魔物が押し寄せてくる。

「くっ……！」

クルシュは激しく剣を振りながら魔物たちを退けていくが、不意に背後から強烈な衝撃を受けた。振り向く間もなく、クルシュが地面に倒れ込み、続けて魔物が迫る。

「しまった……」

クルシュは体が動かない様子で目を閉じる。今、意識を失えば大変なことになる。

だが、俺が近づくよりも早く、少女たちの叫び声が聞こえる。

彼女たちがクルシュを守ろうとして覆《おお》い被《かぶ》さっていた。小さな体で、必死にクルシュを守ろうとしていた。

俺は短剣を突き刺して、三人を守る。だが、魔物の数が多くて、出血が多くなる。

誰かが背中を守ってくれないことがこんなにも大変なんだと、戦いの恐ろしさを思い知る。

姉は弱々しい手で魔物に向かって石を投げつけ、妹は涙を浮かべながらクルシュの手を握りしめていた。

「助けて！　お兄ちゃん！」

一瞬、シンシアとアーシャの顔が浮かんで、俺は彼女たちの叫びに応《こた》えるように、聖属性魔法を爆発させた。

聖属性の魔力が村全体を埋め尽くして、クルシュの体を回復させ、俺の肉体に強化魔法をかける。短期決戦で決着をつけるしかない。

「俺が……必ず守る！」

俺は短剣を振り、魔物たちに立ち向かう。

「ソルト殿？」

傷を治したことで、クルシュが意識を取り戻した。

「気が付いたか？」

「えっ？」

クルシュに抱きついている二人の少女に驚いているようだ。

「君を守ろうと二人が身を挺《てい》してくれたんだ」

「どうして私を？」

「どうしてだろうな？　それが君が知らないと言った《愛》を知る者が為《な》せることなのかもな」

「ソルト殿！　頭から血が」

「俺も君たちを守りたい！　こんなこと大したことないさ」

格好つけたのは良いが、俺もそろそろ限界だ。だが、命を賭《と》してクルシュたちを守る。

最後の力を振り絞って、魔物たちを一掃する。クルシュがどんな風に思うかなんて関係ない。俺はクルシュや少女たちを助けたい。

「これが……愛……？　誰かを護る心の力？」

クルシュは《愛》を理解できないと言った。

本当にそうだろうか？　愛が理解できないなら、恩義も、優しさも理解できないと思う。

だけど、彼女はラーナ様やフレイナに恩義を感じていた。

メイに対して、部下として優しく接していた。

今、目の前で繰り広げられている姉妹の行動は、まさに《愛》そのものだ。

両親を失った少女たちは、命を懸けてクルシュを守ろうとしている。

「なんで……なんでこんなに一生懸命に……？」

クルシュが何を感じたのかはわからない。だけど、彼女の瞳から涙が自然に頬を伝って流れた。愛が何かわからないと言っていたクルシュの感情は、ちゃんと姉妹の行動の意味を理解しているんだ。

暗闇が徐々に晴れていき、東の空から朝日が差し込んでくる。

戦いがひと段落し、俺はようやく襲いかかってきた魔物たちの正体をはっきりと認識することができた。

「ゾンビか……」

その言葉を呟くと同時に、目の前では朽ち果てたオークやオーガが、醜く歪《ゆが》んだ体で村を襲おうとしていた。

腐りかけた肉体から不快な匂いを漂わせ、目は生気のない暗い輝きを放っているゾンビだったのだ。

だが、今は闇が消え、俺たちはようやく状況を把握する余裕ができた。

「クルシュ、大丈夫か？」

倒れていたクルシュが、姉妹に守られているのを見て、俺は急いで彼女のもとへ駆け寄った。彼女は息は乱れていたものの、大きな怪我《けが》はないようだった。

「私は大丈夫……ソルト殿、私は、この子たちに」

クルシュは二人の頭を優しく撫でていた。

その姿には愛情が込められているように見える。

「まだ終わってない。休ませてあげてくれ」

「ああ、ソルト殿！　あれを見てくれ」

クルシュの指し示した先には、なおも村に近づこうとしているゾンビたちがいた。

数は少ないが、放置しておけばまた村に危機が迫るだろう。

「ゾンビなら、俺の聖属性魔法の役目だ。任せてくれ。クルシュは彼女たちを」

「ああ、頼む。私はあなたの護衛騎士なのに」

「人は助け合いだ。俺の聖属性を見ていてくれ、浄化する」

俺は心を決め、残された魔力で聖属性の魔法を発動する。

ゾンビたちは通常の武器で倒しても、再び立ち上がってくる。

彼らを完全に退けるには、聖なる力による浄化しかない。

「《ホーリーサークル》！」

俺は両手を広げ、村全体を覆うように聖なる結界を張り巡らせた。

青白い光が村を包み込み、オークゾンビやオーガゾンビがその光に触れると、苦しそうなうめき声を上げながらその体が崩れ、灰となって消え去っていった。

「これで……終わりだ」

朝日が昇り始め、村には再び平和な静けさが戻ってきた。

浄化された大地には、もはや不気味なゾンビたちの影はなく、村は救われた。

「クルシュ、もう大丈夫だ。村を救ったぞ」

クルシュはふらふらと立ち上がり、俺の言葉を聞いて小さく頷いた。彼女は疲れていたが、その目には安堵《あんど》の色が浮かんでいた。

「ありがとう、ソルト殿……それに彼女たちにも」

姉妹も涙を浮かべていたが、安堵したからか意識を失ってしまう。

俺はその場に腰を下ろし、救えた村と無事だった命に安堵する。

「これで村の人々は安心して暮らせるな」

俺は自分の力で村を救えたことにほっとしつつも、救えなかった命もあることに胸の奥が重く沈んでいた。

しかし、今はこの平和を守れたことを喜ぶべきだと自分に言い聞かせた。

第八話　無属性の可能性

村を救ってから数日が過ぎた。

俺とクルシュは無事に騎士団の本拠地に戻り、早速ラーナ様の執務室に向かった。

「ご報告いたします。冒険者ギルドからの依頼である、領都コーリアスから離れた村の件、無事に解決しました」

俺は数日ぶりに会うラーナ様の前で深々と頭を下げる。

クルシュも隣で静かに礼をした。ラーナ様は二人の姿を見て、優しく微笑《ほほえ》んでくれた。

「よくやってくれたわ、ソルト先生。そしてクルシュも……無事で何よりです」

「ありがとうございます。今回の一件では、瘴気《しょうき》の影響で村人に死病が蔓延《まんえん》していて、近くに住んでいたオークやゴブリンなどはゾンビへ変貌を遂げていたようです。あのまま放置していたら、死んだ人たちがゾンビになっていたかもしれません。聖属性の力で村の周囲や森などに浄化を施してきました」

そう報告すると、ラーナ様は少し顔をしかめてから、俺に問いかけた。

「瘴気ですか。私自身も味わったことですが、被害報告が数多く寄せられていますね。その根本的な原因を取り除かなければ、危険な状況を解決できませんね」

「はい。しかし、クルシュや村人たちの協力があり、何とか乗り越えることができました」

俺の言葉に、クルシュが僅《わず》かに動揺しているように感じた。

彼女はまだ疲れが残っているようで、その表情は不安そうだ。

「そうですか……お疲れさまでした」

ラーナ様は再び柔らかな表情に戻り、俺たちを労《ねぎら》ってくれた。ラーナ様の声にも、クルシュの表情は晴れることなく、少し落ち込んでいるようなのが気になった。

「クルシュ、大丈夫か？　疲れているように見えるけど」

クルシュは一瞬驚いたように俺を見たが、すぐに微笑んで首を横に振った。

「大丈夫です。ただ……少し考えることがあって」

「何かあったのかしら？」

ラーナ様が尋ねると、クルシュは視線を下に落としながら答えた。

「今回の件で、村人たちがソルト殿に感謝しているのを見て、私には理解できない感情があったんです。皆が感謝して、ソルト殿を尊敬しているのはわかるのです。ですが……私には《愛》というものがわからない」

クルシュの報告に、ラーナ様は戸惑った表情を見せる。だが、俺はクルシュの言葉に悲観的な思いを抱かなかった。

「クルシュ、君は姉妹に守られた時に優しく彼女たちの頭を撫《な》でていたな」

「そうだったでしょうか？」

「ああ、君は姉妹に何を思った？」

「えっ？　助けてもらった恩義を、そして、弱い者が守ろうとした勇気を讃《たた》えたいと思っただけです」

「それも《愛》だと俺は思う」

「えっ？」

「君が彼女たちに対して優しく慈しみの心を持つことも、彼女たちの勇気を讃える感情も、全てが愛だと思えたよ」

「これが《愛》？」

　彼女は感情表現が控えめで、他人の感情に対しても距離を置いているように見えることがある。

「私は孤児として育ち、ラーナ様やフレイナ様に恩義を感じています。でも……それが愛なのかどうかはわからないんです」

「クルシュ、あなたがソルト先生と共に多くの人と交流することで、《愛》を知ることができるのかもしれませんね」

「私が《愛》を知る？」

「ええ。クルシュ、あなたは愛を知りたいと思ったのではないですか？　そうやって疑問に思うということは興味を持ったということでしょう。私はあなたが《愛》について興味を持ち、考えるようになってくれたことを嬉《うれ》しく思います。今はわからなくても良いのです。いつかあなたが《愛》を知った時に教えてくれるのを楽しみに待っています」

同性であるラーナ様はクルシュの心に寄り添うように言葉をかけた。

それは俺にはできないことだが、ラーナ様の言葉でクルシュが《愛》について考えることはいいことだと思う。

「やはり、私にはまだよくわからないです。でも、ソルト殿と共に学ぶことは嫌いではありません。ですから、これからもソルト殿の専属護衛として共に行動して、その気持ちを学びたいと思います」

俺はクルシュの言葉を聞いて、彼女が少しずつ変わり始めていることを感じた。

無理に理解しようとするのではなく、彼女自身が時間をかけてその感情を学んでいこうとしているのだ。

「わかったよ、クルシュ。これからも一緒に頑張っていこう」

俺がそう言うと、クルシュは小さく頷《うなず》き、少しだけ笑みを浮かべた。

ラーナ様もこのやり取りを微笑みながら見守っていた。そして、最後にこう言った。

「ソルト先生、これからもクルシュのことをよろしく頼みます。彼女はあなたから多くを学んでいくことでしょう。そして……クルシュ、あなたもソルト先生に心を開くことで多くを学んでね」

「はい！　ラーナ様！　よろしくお願いします、ソルト殿」

「ああ、よろしく、クルシュ」

ラーナ様の言葉に、俺たちは深く頷いた。これからも共に歩んでいく決意を新たに、俺たちはラーナ様の前を辞した。

クルシュは、ラーナ様の言葉によって、《愛》を難しく考えるのではなく、俺と共に学びながら少しずつ理解していくことを決意した。

そのことが、彼女が抱えていた一つの悩みを解消し、以前よりも晴れやかな表情で訓練に臨むようになった。

俺はその様子に少し安心した気持ちになりながら、クルシュがこれからどう変わっていくのかを見守りたいと思った。

◇

遠征から戻った俺はラーナ様の診察へと向かう。

執務室に入ると、ラーナ様が椅子に座って優雅に紅茶を飲んでいた。

俺に気づくと、微笑んで迎えてくれた。

「ソルト先生、診察ですか？　いつもありがとうございます。クルシュの悩みを解決してくれたことにも、感謝いたします」

「いえ、彼女は彼女自身で、悩みを克服したんだと思います」

「それでも、ソルト先生がいたからこそ、クルシュは悩みを解決できたんだと思います、本当に感謝しています。彼女も少しずつ変わっていけるでしょう、私のように」

「ラーナ様の助言があったからこそだと思いますよ。俺はただ、彼女の側にいただけです」

ラーナ様は静かに頷きながら、俺に温かい眼差《まなざ》しを向けてくれる。

その視線には、以前の恐怖心や壁を感じるような距離感はなく、どこか安心しきった信頼のようなものを感じた。

「それでも、ソルト先生がクルシュに寄り添ってくれたことが大きかったんです。これからもクルシュをどうか支えてあげてください」

「もちろんです。クルシュは俺の専属騎士ですから、支えになれれば嬉しいです」

その後、ラーナ様の診察を終え、俺は冒険者ギルドへ報告に向かった。

ギルドに到着すると、いつものように受付に向かい、副ギルドマスターとの面談を依頼した。副ギルドマスターはすぐに現れ、俺をギルド内の会議室へと案内してくれた。

部屋に入ると、副ギルドマスターは椅子に座り、俺に真剣な表情で話しかけてきた。

「ソルト殿、報告をありがとう。村での瘴気の浄化については確認済みだ。しかし、私たちも新たな情報を手に入れた。瘴気を生み出している根本の原因を見つけたかもしれない」

「本当ですか？」

俺は驚きと同時に期待を抱いた。あの村を襲った瘴気の原因はわからなかった。瘴気はこの世界にとって大きな脅威だ。もしその原因が突き止められれば、多くの命を救うことができるかもしれない。

「まだ確定ではないが、いくつかの地域で同様の瘴気が観測されている。そして、そのすべてが同じ方角から発生していることがわかったんだ」

「同じ方角ですか？」

「そうだ。瘴気はすべて、コーリアス領の辺境にある岩山から降りてきているようなのだ」

「岩山？」

あの村の近くで見た岩山を思い出す。確かにあの地域は、森も少なく草木や大地も荒廃していた。俺は驚きながらも、その話に納得した。

村人たちが襲われ、死病が蔓延したのは瘴気の影響であり、そしてそれが岩山の頂上から広がっているとすれば、原因を突き止める必要がある。

「瘴気の発生源を突き止めるために、俺たちに調査依頼をしてくれるんですか？」

副ギルドマスターは頷き、地図を広げて岩山の位置を示した。

「そうだ。コーリアス領の辺境にある岩山の頂上付近でドラゴンゾンビが確認された。そこから瘴気が降ってきているようなのだ。君の聖属性の力があれば、瘴気を浄化しつつ進むことができるだろう。もしドラゴンゾンビが瘴気の発生源であった場合、それを倒せば、領地全体を脅かす瘴気の原因を取り除《のぞ》けるかもしれない」

俺はその提案に迷いなく頷いた。

「わかりました。クルシュと共に調査に向かいます」

副ギルドマスターは俺の決断に満足そうに微笑んだ。

「期待している。君ならきっと解決してくれるだろう」

ドラゴンゾンビの討伐依頼を正式に受け、すぐにラーナ様に報告するため、騎士団の本拠地へと戻った。

ラーナ様の執務室に入ると、彼女の方へ冒険者ギルドから書類が届いていたようだ。フレイナも横に立ち、何かを報告している最中のようだった。

「ラーナ様、フレイナ団長、報告があります」

俺が静かに声をかけると、二人は顔を上げ、俺の方を見た。

「どうかしたの、ソルト先生？」

ラーナ様が優しく問いかけてくる。俺は深々と頭を下げ、ドラゴンゾンビの討伐依頼を受けたこと、そしてその詳細を説明した。

「冒険者ギルドからの依頼で、北端の山に放置されたドラゴンの遺体が瘴気によってゾンビ化し、周辺の村々にも影響を及ぼす可能性があるとのことです。俺は調査に向かいます」

二人は少し驚いたように目を見開き、その後、考え込むように黙った。

フレイナも険しい表情で俺たちを見ている。

「ドラゴンゾンビか。容易《たやす》い相手ではないな。ソルト殿だけで対処するのは少し無謀ではないだろうか？」

フレイナの心配ももっともだ。

「そうかもしれない。だけど、死属性であるドラゴンゾンビには、聖属性の俺が対応できると思います。瘴気に対しては聖属性魔法が有効です」

俺が自信を持ってそう答えると、フレイナが口を開いた。

「確かに、ソルト殿の聖属性魔法があれば瘴気を浄化できるだろう。しかし、ドラゴンゾンビという相手は強大だ。それに、他の魔物が集まる危険性もある」

「そのために、第四騎士団にも協力を要請したいと思っています。今回の被害に遭った村に救援の派遣と、近くの魔物の露払いを手伝ってほしいのです。そして、ドラゴンゾンビと戦うために、クルシュに露払いとして同行してもらいたいのです。もしも俺が失敗した際には、周辺の村人たちを必要に応じて避難させてほしいのです」

ラーナ様はしばらく沈黙した後、深いため息をついた。

「わかりました。ソルト先生、あなたの判断を信じます。ただし、無理はしないでください。危険を感じたらすぐに引き返すこと。あなた自身を犠牲にして皆を助けるのではなく、自分の身の安全を優先してください」

「はい、ラーナ様、必ず無事に戻って参ります」

俺は再び頭を下げる。ラーナ様は心配そうな顔をしていたが、俺を信じて送り出してくれた。

「フレイナ、第四騎士団からも支援を出しましょう。ドラゴンゾンビとの戦いは想像以上に激しいものになるかもしれないわ。支援部隊を編成して、村の防衛を任せてください」

「承知しました、ラーナ様。すぐに第四騎士団を編成して支援に向かわせます」

フレイナはそう言って、すぐに動き出した。

「ソルト先生」

「はい？」

執務室で二人きりになると、ラーナ様が立ち上がり、俺に近づいてきた。

「どうかご無事で帰ってきてください。今の私には、いえ第四騎士団にはあなたが必要です」

そう言ってラーナ様が俺を抱きしめた。

今までで一番、二人の触れ合う面積が広くなり、ラーナ様が恐怖を感じてもおかしくないはずなのに、彼女はその身を震わせながら、それでも心配しているのを伝えようとしてくれたんだ。

「ありがとうございます。必ず、ラーナ様のもとへ帰ってきます」

「約束ですよ。私はあなたを大切に想っています」

「はい！　俺もラーナ様のことを大切に想っています」

俺はラーナ様の柔らかな体と、女性らしい甘い匂いに包まれ、彼女と約束した。

「行ってまいります」

「はい。行ってらっしゃい、ソルト先生」

短い時間だったと思う。それでもラーナ様と触れ合った時間は俺に確かな温もりを与え、絶対に帰ってこようと思わせるだけの効果があった。

ラーナ様と別れ、俺はクルシュと共に準備を調《ととの》えて再び旅立つことにした。

今回は俺とクルシュ、メイの三人で北端の山へと向かう。

村までは、第四騎士団のメンバーも同行して、村の支援に入ることになっている。

「行こう、クルシュ、メイ。気を引き締めるぞ」

「はい、ソルト殿！」

「了解なのです、ソルトさん！」

三人で北の山へ向けて、再び旅路についた。

北端の山に向かう途中、俺たちは再び周辺の村を訪れた。村人たちは瘴気の影響で体調不良を訴えている者が多く、これ以上の被害が広がらないよう、急いでドラゴンゾンビのもとへ向かわなければならない。

「ソルト殿、村は第四騎士団が守るので、安心して調査に専念してください」

フレイナが派遣した騎士団の支援隊が村に到着し、村人たちを守る準備を調えてくれていた。

「助かるよ、ありがとう」

「お兄ちゃん！　お姉ちゃん！」

あの姉妹も俺たちを出迎えてくれた。両親を亡くした後も、村人たちが協力して彼女たちを育てるということで村に残ったが、元気な様子に安心する。

彼女たちが未来にどんな道を選ぶのかわからないが、できるだけの支援をしたいと思う。

「二人とも、必ず君たちの村が平和で安全になるようにしてみせるから、待っていてくれ」

「ありがとう！　ソルトお兄ちゃん！」

どうして助けてくれなかったと泣いていた彼女は、俺をお兄ちゃんと呼んでくれる。

クルシュのもとにも抱きつきに行って、可愛《かわい》い姿を見せるようになってくれた。

彼女たち姉妹に見送られ、俺たちはいよいよドラゴンゾンビが待つ山へと足を進めた。

険しい山道を登り、瘴気が漂う中、俺たちはその頂上で待ち受ける危険と向き合うことになる。


依頼内容は、ドラゴンゾンビの討伐だ。

冒険者ギルドの副ギルドマスター、リナ・カストルが説明してくれたところによると、近くの山に放置されたドラゴンの遺体が瘴気によって汚染され、ゾンビとして目を覚ましたという。

「瘴気が増加しているコーリアス領で、ドラゴンの遺体を放置すれば、ドラゴンゾンビが発生するのは当然です。その影響で、さらに瘴気が強化され、周囲の環境を悪化させる恐れがあります。すでに小型の魔物が集まり始めているという報告も届いています」

リナの声には緊張感があり、事態の深刻さが伝わってきた。

「山岳地帯の北端です。周囲の村々にも被害が出る可能性がありますので、慎重にお願いします」

リナは地図を広げ、ドラゴンゾンビが目撃された場所を指し示してくれた。

「わかりました。任せてください」

俺たちはドラゴンゾンビの討伐に向けて準備を調えた。

メイが先頭を歩いて、岩山の案内をしてくれる。彼女は軽快な足取りで、岩山を意識させない身軽な動きで登っていく。

普段は偵察や調査を担当する部署にいるそうで、軽い身のこなしも調査の際に隠れたりすることも多いからだと説明してくれた。

「確認しておきたいんだが、クルシュは無属性で、メイは風属性だよな？」

この世界に生まれた人間ならば、必ず一つの《属性》を有している。それが戦士であっても魔導士であっても、属性に合わせた魔法しか使うことができない。

俺は聖属性でシーフ。聖属性の回復魔法や浄化魔法が得意で、攻撃魔法も聖属性しか発動できない。

「はい！　私は風属性です」

「やっぱり風か、使い勝手が良くていいな」

ただ、メイはチラリとクルシュを見て、気を使っている節がある。

「私は……知っていると思うが、無属性だ」

「ああ、無属性は珍しいな」

クルシュの口からは初めて、無属性であることを聞いて、俺は自分の知っている冒険者の顔を思い浮かべた。

その人物は、冒険者をやり始めた当初に世話になった先輩で、無属性であることを誇りに思っていた。

「無属性のクルシュは、何ができるんだ？」

「なっ！　ソルトさん、その言い方は！」

「メイ、いいんだ。ソルト殿、私は何もできない。魔法を使えないんだ」

俺の発言にメイは怒りを表し、クルシュは諦めたような表情を見せた。

「無とは、属性が無いとされている。私もその通りだと思っている」

クルシュが思い詰めたような顔する。だが、俺は首を傾《かし》げる。俺の知っている無属性は、そういう意味ではない。

第四騎士団に来てからどうしても違和感を感じていた理由を、やっと理解した気がした。

俺の考えと彼女たちの考えに相違があるのだ。

「それはおかしいぞ」

「おかしい？」

クルシュは、俺の発言の意図がわからなくて、首を傾げる。

「ああ、属性っていうのは、ちゃんと意味があるんだ。無属性は可能性に溢《あふ》れた属性だと俺は思うぞ」

昔馴染《むかしな》《じ》みに聞いた無属性の本質を思い出して、クルシュが本質に気づいていないのではないかと思えてきた。

「そんなことはない。実際に私は他の者たちが使える魔法を使うことができない。魔力は反応はするが、何も起きないんだからな。だから、私は剣で生きているのだ」

そう言って自分の腰から剣を抜き放つ。

「もう今は気にしていない。私は属性など必要ない。この剣で魔物であろうと、魔法であろうと切り伏せてやる」

クルシュの覚悟は素晴らしいと思うが、本当にそうだろうか？　無属性はちゃんと魔法が使える。俺が知っている無属性は、何にも染まらず、何にも左右されない。

実際、それぞれの属性には得手不得手な相手属性が存在する。

聖属性の俺は、多くの属性に対して大して力を発揮することはできないが、死属性に対しては天敵のような存在だ。逆に死属性は多くの属性に対して強い力を発揮できるが、聖属性を苦手としている。

聖属性は攻撃魔法の効果が他の属性に比べて弱いため、あまり発揮することができない。だからこそ、癒《ゆ》属性の劣化版と呼ばれても、回復要員としての方が需要が高い。

聖属性は戦闘ではあまり役に立たない。

浄化魔法なら、病気や汚れを取る《クリーン》などは重宝されているから、冒険者をしなかったら洗濯屋でもやろうかと思ったほどだ。

冒険で数日ダンジョンに入った際には、《クリーン》を使うことで体をきれいにできるので、臭《にお》いの除去なども行えた。

クルシュは無属性ということを悲観しているようだが、聖属性だって、瘴気がない場所での活動ではお荷物扱いされることが多い。

今のクルシュは、剣に誇りを持つというよりも、これしかないという様子で剣に執着しているように見える。

「ソルト殿、私は元々貧民街出身だったのだ」

「貧民街？」

「幼い頃に、ラーナ様に拾われ、フレイナ様に妹のように育てていただいた。前に両親を知らないことを話したと思う。そんなお二人に恩を返したいと想っていたが、無属性の私では限界がある」

俺が冒険者を始めて一年くらいした頃に訪れたコーリアス領は、穏やかな場所だった。貧民街など存在しなかった。どこの街にも格差と裏の姿は存在する。それは王都であっても変わらないのに、コーリアスは穏やかで平和だった。

「本当にラーナ様が領主代行になる前までは、ずっと格差が広がるばかりだったのです。ラーナ様が家令《かれい》になられて行われた大改革によって、街が生まれ変わったのです」

キラキラとした瞳でコーリアス領の改革を喜んでいるメイは、希望に満ちた顔をしていた。

本当に街を愛していることが伝わってくる。それに同意するようにクルシュは決意に満ちた顔をしている。

「無属性で魔法が使えない私を第四騎士団の副団長にしてくれたのは、ラーナ様とフレイナ様だ。だから、私は二人に報いるためにも剣を極め、強くあらねばならない」

宣言するクルシュに、俺は何か力になれることはないかと考えてしまう。

「メイ、少し止まってくれないか?」

「どうかしましたか?　おトイレですか?」

少しからかうように言ってきたメイに俺は苦笑いを向ける。彼女なりに、場の雰囲気を少しでも柔らかなものにしようとしてくれているのだろう。

だが、あまりにも話が噛み合《か あ》わないので、俺は二人にちょっとした講義をすることにした。これは、シンシアとアーシャにもよくしていたことだ。

「いいか？　この世界の理である属性には、ある程度は絶対的な優劣が存在するんだ」

「急にどうしたんだ？」

「いいから、少し俺の話を聞いてほしい。メイ、風魔法を見せてくれないか？」

「はいです」

チラリとクルシュを見た後に、メイは風を生み出して、矢のように飛ばした。

「《ウィンドアロー》」

「うん。風の魔法は、四大元素の一つで、属性の中でも基本であり、強力だと言われる反面、炎を強くして、水を飛ばすことができず、地にも劣る」

俺が他の元素との相性を指摘すると、メイがムッとした顔をする。

「風属性は自分を軽くしたり、矢を風に乗せて命中精度を上げたりするなどの能力にも長けているのです！」

「そうだな。属性は魔法のことではあるが、副産物として能力としても使える！」

反論しようとするメイを手で制して続きを話す。

「だが、能力を高めることで、竜巻を起こし、全てを吹き飛ばすほどの威力に高めることもできる」

最後に熟練度の問題であると説明すれば、メイも納得してくれたようだ。だが、風の力がすごいことを聞かされたクルシュは表情を暗くする。

「クルシュ」

「ソルト殿は何が言いたいのだ？」

「俺の友人に無属性の者がいた」

「無属性の友人？」

「確かに無属性は希少属性ではあるが、聖属性ほど少なくはない。いてもおかしくはないだろ？」

俺の言葉に二人は頷いてくれた。

「そして、そいつは冒険者でも上位のランクなんだ」

「無属性なのに冒険者上位なのですか？」

俺の言葉にメイが驚いた声を出す。クルシュは真剣に俺の顔を見ていた。

「そいつの言葉なんだが、無とは何にも染まっていない属性を意味すると言っていた。そして、クルシュは以前、魔物も魔法も斬ってやると言ったな」

「ああ、言った」

「それがおかしいんだ」

「えっ？」

クルシュは意味がわからないと首を傾げる。

「メイ、俺に向かって風の魔法を放ってくれ」

「えっ！　危ないですよ？」

「いいから、俺も聖属性の魔法を使うから」

「わかりました」

メイが風の魔法を使うと同時に俺は魔法を使うことなく、短剣で魔法に切りつけた。

風の魔法は切れるが、分散して、そのまま俺に向かってきた。

「ぐっ！」

「ソルトさん！」

「大丈夫だ。回復魔法は自分でかけられる」

メイが生み出した風の刃で受けた傷に回復魔法をかけて、クルシュを見る。

「クルシュ、見たか？」

「何をだ？」

「今、俺は魔力を纏《まと》わせた武器で風の刃を切った。だが、完全には切れなかった。これが死の魔法であれば、俺は完全に切ることができただろう。俺はそれを何度も経験して知っている。だが、それ以外の属性魔法は相殺すら難しい」

俺は完全に傷を治して立ち上がる。

「今から、俺はクルシュに聖属性の魔法を放つ。それを切ってみてくれ」

「……わかった」

クルシュは剣を抜いて、魔力を纏わせる。

どんな属性とも違う色のない魔力が剣に纏わされて、俺が放った青白い聖属性の矢を切り裂いた。それは綺麗《きれい》に魔力を切って捨てた。

第八話　無属性の可能性

「これがなんだというんだ？」

「無属性は何にも染まらない。それは弱点がないということだ。クルシュは誰にも負けない属性を持っているってことなんだよ。無属性は相性に関係なく、どんな属性の魔法も切り裂くことができるんだ」

無属性は、他の属性ができることができないかもしれない。

だが、誰にも負けない属性だとクルシュに知ってほしい。

「そんなことを今まで思いもしなかった……」

「クルシュは属性がないんじゃない。クルシュしか持っていない属性をちゃんと持っているんだ。だから誇ってくれ。クルシュの無属性は強いよ」

俺が言えることは言った。その後に、クルシュがどう思うのかは、わからない。

俺は二人の属性を知ったことで、今後の戦いに挑む作戦を考えるだけだ。

ただ、クルシュは少しだけ晴れやかな顔をしてくれていた。クルシュはまだ十八歳なんだ。これから知らないことを知って、まだまだ成長していく。

思い悩むこともたくさんあるだろうけど、彼女が知らないことを教えたり、悩んだ時に助けたりしてあげたい。

「もうすぐドラゴンゾンビが発見された場所なのです！」

進行を再開してしばらくすると、メイが目的地に近づいていることを教えてくれた。

確かに瘴気が溢れるほどに濃くなっている場所に辿《たど》り着《つ》くと、オークゾンビやゴブリンゾンビが徘徊《はいかい》していた。

全てを相手にしていては魔力が続かない。だが、クルシュの表情を見れば自信が満ち溢れているように見える。

無属性の可能性を知って、試したくてうずうずしているようだ。

聖属性ほどではないが、無属性も、死属性のゾンビ系を相手にしても対処できる。

風属性のメイも、倒すことはできなくても時間を稼ぎ、クルシュの援護をしてくれれば、三人でも対処できるだろう。

「二人とも露払いを頼む」

「任されよう」

「はいなのです」

二人の戦いを見ていると、どうやら安心して任せられるようだ。

クルシュとは共に過ごす時間が長くなり、彼女を見ていて気付いたことがたくさんある。

出会った当初や、《愛》を知らないと言っていた頃の彼女は、常に剣に迷いがあった。

だが、ラーナ様から《愛》を知ることを焦らなくて良いと言われ、無属性に弱点がないことを知り、今は自信を持って剣を振るっている。

迷いがなくなった彼女の剣筋は鋭く、オークゾンビたちの遅い動きでは彼女を捕《と》らえることができない。第四騎士団、最強の剣士は覚醒していた。

「良い腕だ」

俺は露払いを二人に任せて、先へと進む。

その先には朽ちかけたドラゴンゾンビが起き上がって血肉を垂れ流している。瘴気によって死属性がドラゴンに宿ったのだろうな。

「安らかに寝ていたあなたがゾンビ化したことは気の毒に思う。だが、今のあなたはただの骨でしかない。再び安らかに眠る手助けをさせてもらう」

瘴気が濃くて、息をすることも苦しい。

聖属性である俺ですら立っているのがやっとだ。

魔物たちは、この瘴気に当てられてゾンビとして使役され、遠く離れた村にまで瘴気が降り、コーリアス全体に広がった。そうしてこのドラゴンゾンビが汚染の根元になってしまったのだろう。

「俺にできることはあなたを眠らせることだけだ。《聖魔法上位滅却魔法キリエ・エレイソン》死の眷属《けんぞく》よ！　呪縛を解き放ち浄化の力によって消え去れ」

『GYAAAA！』

俺が詠唱を始めると、危険を察したのか咆哮《ほうこう》を放ちながらドラゴンゾンビの瞳が怪《あや》しく光を放つ。

発動前に動かれるとは思っていなかった。だが、俺は動くことができない。

ここで詠唱を止めてしまえば、ドラゴンゾンビを滅ぼすことはできない。

俺の魔力のほとんどを消費しなければ、この呪文でドラゴンゾンビほどの巨大な瘴気を消滅させることはできない。

「ソルト殿！　あなたの専属騎士は私だ！　必ず守るから続けてください！」

起き上がったドラゴンゾンビの前に、俺を守ろうとしてクルシュが立ちはだかった。

濃度の高い瘴気の中で、聖属性ではないクルシュでは息をするたびに体内が蝕《むしば》まれていく。

「詠唱を止めてはいけません。あなたが頼りなのです。あなたがドラゴンゾンビを浄化してくれれば、あの姉妹も助けられる！　私を信じて詠唱を続けてください！」

「私もいるのですよ！　後ろは任せてほしいのです！」

メイは瘴気に近づくことができないことを悟り、迫るオークゾンビを寄せ付けないように風の力で壁を作ってくれていた。倒せはしないが足止めをする賢いやり方だ。

「さぁ、ドラゴンゾンビよ！　貴様の相手は私だ！　騎士として、私はソルト殿を絶対に守る！」

これほどまでに頼もしい騎士はいないな。何よりも、彼女は今、誰かのために力を揮《ふる》っている。

それは騎士が本来あるべき姿であり、《愛》なくしては辿り着けない境地だ。

クルシュは無意識にそれを行っているのかもしれないが、女性とは思えない大きな背中で俺を守り、敵との間に立ちはだかってくれている。なんと心強いのだろう。

『GYAAAAAAA！』

俺の聖属性が侵食して瘴気が浄化されていくごとに、ドラゴンゾンビは苦しみから逃れるために、その爪を振るう。

「言ったでしょ？　ソルト殿は私が守ると。やらせはしない！」

全身に無属性の魔力を纏ったクルシュが、片手盾でドラゴンゾンビの爪を弾き、剣で切りつける。

その光景は、まるでドラゴンと戦う英雄そのものだ。騎士として、彼女はその最高峰に立っている。

「ぐっ！」

それでもドラゴンゾンビは強い。無属性の魔力を纏い受け流すことはできても、完全に倒すことはできない。浄化ができるわけじゃない。

「ッッッ！」

ドラゴンゾンビの爪がクルシュの服を裂き、血が飛ぶ。彼女の白い肌から血が飛び散り、美しい素肌がさらされる。もっと早く詠唱を終えたい。だが、あと20秒、15秒、10秒……

「ぐっ！　負けない！」

立ち上がったクルシュがドラゴンゾンビの牙を剣で受け止める。

「《キリエ・エレイソン》！」

膨大な青白い光が迸《ほとばし》り、ドラゴンゾンビを包み込んでいく。

すべての瘴気を滅却し、浄化していく。聖属性の上位魔法の光が消える頃には、迫ってきていたオークゾンビたちもすべてが浄化され、息苦しかった空気も改善されていた。

「ソルト殿！」

「クルシュ、ありがとうございます！　あなたのおかげぇえええええ！」

こちらを振り返ったクルシュは、服がドラゴンゾンビに破かれ、一糸纏わぬ姿で駆け寄ってくる。着痩せして隠れていた巨乳が揺れ、そのまま俺に抱きついてきた。

おっぱい……？　おっぱいか……？　いや、ブラジャーは⁉　大丈夫だ！　今は戦いの余韻で！　俺は全力を尽くして魔力切れから意識を失ったのか、それともクルシュの美しい裸に抱きしめられたから意識を失ったのか、とにかくドラゴンゾンビを倒して、意識を失った。

夢の中で俺が思ったことは、騎士団にいるのに、どうして白い肌を維持できているんだ？　いや！　俺は何を考えているんだ。

「ソルト殿、目を覚まされたか？」

「えっ？」

前にも同じようなことがあったことを思い出す。

その時は馬車に揺られて、クルシュの膝の上で目を覚ました。

「なっ！」

目を開くとワイシャツ姿のクルシュに膝枕をされていて、彼女の綺麗な顔にドキッとさせられる。さらに太腿《ふともも》の柔らかさに戸惑いを覚えながら、ゆっくりと体を起こした。

「えっと、ありがとう」

「ああ、頑張ってくれたのだ。ゆっくりと休まれよ」

「あっ、いやもう大丈夫だ。魔力が枯渇していただけだから」

「そうか？　ソルト殿になら、いくらでもこの身を捧《ささ》げるぞ？」

可愛く首を傾げながら、とんでもないことを言うのはやめてほしい。

「ソルトさん！　目が覚めたのですね！」

俺がクルシュに気を取られていると、背後からメイが抱きついてきた。

そのロケットおっぱいに後頭部を包み込まれた勢いで、俺は目の前にいたワイシャツクルシュの胸元へダイブしてしまう。

前門のワイシャツ巨乳！　後門のロケットおっぱい！　俺は幸せで死ねる！

◇

幸せのあまり、もう一度窒息で気を失いそうになったが、なんとか意識を保った。

メイとクルシュの距離感が近すぎないか？　魔物を討伐できて嬉しいのはわかるが、俺も男なので困る。

「改めて、ソルト殿、やりましたね！」

嬉しそうに俺の手を握って見上げてくるのはやめてくれ！

ワイシャツに俺が替え用に持ってきたローブを着ているだけなので、クルシュの顔を見ようとしただけで、彼女の谷間が……。

「クルシュ！　怪我《けが》は⁉」

俺はバカなことばかり考えていたが、ドラゴンゾンビの前に出て俺を守ってくれたクルシュの怪我が気になってしまう。

彼女の服を脱がして傷がないか確認したいくらいだが、さすがにそんなことはできない。

「えっ？　ああ、こんなものカスリ傷です」

「ダメだぞ、ちゃんと浄化しないと。メイもこっちにきてくれ。死属性の魔物と戦った後は、瘴気が残って体を蝕む恐れがあるんだ。二人に聖魔法をかけるから」

「わかりましたのです！」

ラーナ様の呪毒《じゅどく》が良い例だ。

クルシュやメイがこれほどまでに濃度のある瘴気を受けてしまえば、魔物が体内に巣を作るかもしれない。

俺は念入りに聖属性魔法で浄化を施した。

クルシュの浄化を終えてメイに視線を向けて、俺は固まってしまう。

正面に回ったメイも、もともとが軽装だった服が、風の魔法とオークゾンビとの死闘で破れて、足やお腹《なか》がさらけ出されていた。

くっ！　ロケットおっぱいにばかり意識が向いていたが、小柄で可愛らしいメイの下着が晒《さら》されていた。

「《ヒール》！」

俺が回復魔法を唱えると、聖属性の青白い光が彼女たちを浄化する。

「あぁんっ……ひゃっ……んくぅっ……」

「んんっ！」

くっ、目を開けるととんでもない光景が広がっていそうな艶《なまめ》かしい声が……。

アーシャやシンシアの時もそうだった。回復魔法をかけている時は、気持ちが良いのか、変な声を出してくる。

「はぁはぁ……すごく、気持ちいいのです！」

「あぁんっ！　くっ！　騎士として耐えねば！」

二人から聞こえてくる声に、俺は変な気分になりそうになるが、目を開けないように我慢して治療が完了するのを待った。

「ハァハァ、うん？　ソルト殿はどうして目を閉じているのだ？」

「ふぅふぅ、クルシュ様。それは殿方として、クルシュ様の柔肌を見ないようにしているのですよ？」

「柔肌？　はっぅうう！」

メイが指摘したことで、クルシュは自分の胸元が曝《さら》け出《だ》されていることに気づいてくれたようだ。

恥じらいを持たないと言っていたクルシュが、そっと胸元を隠した動作は、彼女の心になんらかの変化が生じていることを感じさせた。

ただ、服装の乱れがあるのはクルシュだけじゃない。俺は予備のローブをメイにも渡した。

「えっ？　私なのです？」

「メイもズボンが破けているだろ。腰に巻いてくれ」

「ふふ、ソルトさんは私のことも女として見てくれていたんですね！」

なぜそこで嬉しそうなんだ。とにかく二人のアラレもない姿を一瞬でも拝んでしまったことに罪悪感を持ちながらも、気を取り直す。

「馬車に着替えがあったはずだ」

「そうですね。ソルトさん、馬車に行ってきます」

「ああ、わかった」

浄化と治療が終わったことで、二人は元気に岩山を下りていく。すでに瘴気もゾンビもいない岩山は平和そのものだ。

二人が下りた岩山の頂上で、俺はドラゴンゾンビが消滅した場所に向かう。

そこにはドラゴンの骨と、黒い魔石が放置されていた。

「この黒い魔石はなんだ？」

魔石は本来、血のように赤い物だ。だが、ドラゴンゾンビの魔石は真っ黒に染まっていた。禍々《まがまが》しい魔石に、俺は不気味な感覚を覚えた。

「これも浄化しておくか？」

聖魔法を放ち、黒い魔石は青白い光に包まれて、綺麗な輝きを放つ赤い魔石に戻っていく。

「これも瘴気によって染められたのか？」

瘴気によって黒く染まっていたのだろうか？　だが、ドラゴンゾンビは自然に発生するものではない。

ドラゴンが瘴気の溢れる場所で死ねば、ドラゴンゾンビになることもある。

だが、今回のドラゴンゾンビ化していた岩山は、ドラゴンが巣を作り、死を迎えるべき場所ではない。

ドラゴンは気高き生き物であり、巣を作る習性を持つ。

そのため、死を迎える際には自分の死を他の生き物に知られないために、自分の巣に自分が集めた宝物や自分の死体を隠して、巣ごと消滅させてしまうという。

それなのに、誰にでも見つかる、このような場所で死ぬドラゴンは珍しい。

だからこそ不自然なのだ。誰かが意図的にドラゴンの遺体を瘴気が発生しているこの場所に持ってきたのか？　それとも不慮《ふりょ》の事故で止むを得ず、ドラゴンがこの場所で死んだのか？　とにかく今回のドラゴンゾンビは不可解な死を遂げていた。

「ソルトさん！　着替えが終わりました！」

第八話　無属性の可能性

「ソルト殿！　調査を任せてすまない」
二人は、控えとして置いていた第四騎士団の制服に着替えて戻ってきた。
俺は疑問を抱えたまま赤い魔石を二人に見せて、調査が終わったことを告げる。
すでにこの場所の浄化は終わっており、これ以上長居をする理由はない。
それにこれが人為的なものであったとしても、痕跡《こんせき》らしきものは何もなかった。
ただ、どうしても黒く染まった魔石が気になってしまうだけだ。

第九話　愛を知りたいです

二年前の私はクルシュとして十六歳を迎え、ラーナ様が家令《かれい》に就任するのを見守っていた。これまでの人生はただ生きることに必死で、髪を短くして男を装う生活を送っていた。

格差があり、貧民街が広がる一方のコーリアス領は、決して良い領ではなかった。

辺境という言葉に相応《ふさわ》しいほどに田舎《いなか》で、発展も遂げていない。

いや、貴族や他所《よそ》から来る者たちにとっては、良い街だろう。

冒険者ギルドも、宿も充実している。

だが、ここに住んでいる者や、貧民街の者たちには何も還元されていない。領主であるコーリアス伯爵は王都に住んで、最低限の統治だけしか行わない。

領民は商人や金のある者たちによって虐げられるだけの存在であり、格差が生まれて犯罪率も高かった。

だけど、そこに救世主が現れた。

好き勝手に振る舞っていた第一騎士団を領主の護衛として王都に派遣し、商人と共に市民を虐げていた第二騎士団、第三騎士団の騎士たちに領境、国境の警備をさせることで、騎士団としての役目を与えた。

不正や横領など、コーリアス領に蔓延《はびこ》っていた犯罪を、新たに併設された第四騎士団が撲滅していく。

そう、これは全てラーナ様が行った政策であり、多くの反発を抑え込んで、第四騎士団と共にラーナ様の政策を推し進めたのだ。

商人たちや騎士からの反発は大きかったものの、それでもラーナ様はやり遂げられた。

コーリアス史上初の女性だけの騎士団を作り、それはコーリアスで格差を一番感じていた女性たちに希望を与えることになった。

信じられるだろうか？　幼い頃はゴミを漁《あさ》り、男を装わなければ身の危ない出来事が多くあり、奴隷商人が目を光らせる。男だけが優遇される社会。

それが変わろうとしている。

ラーナ様はそれを変えるために、第四騎士団を女性だけの騎士団として作り上げた。

そして、貧民街に住んでいる者も、孤児も関係なく登用してくれた。

私は何もないただの貧民街出身の女性の典型だった。

最初は言葉使いも、剣も、何もできない。口が悪く態度も悪い奴だったことだろう。

「あなたは生きることに必死なのですね。だけど、これからは女性が社会を作り、強さを示し、領地を支えていきます。あなたも参加してくれますか？」

ラーナ様は、私が必要だと言ってくれた。貧民街に住んでいると、人としては見られなかった。だけど、ラーナ様は私を一人の人間として見てくれた。

だから、私はラーナ様の剣になろうと思った。

剣として生きるために、礼儀を学び、剣術の修練をして、誰よりも努力してきた。

だけど、最も必要な属性が、私にはなかった。どれだけ自分に絶望したかわからない。

それでもフレイナ様は言ってくれた。

「クルシュ、君以上に努力して剣の才能を開花させた者はいない。私の誇りだ。無属性だったとしても、君は第四騎士団の副団長として誇るべき人物だと、私は君を副団長に推したんだ。君は今のままで十分に素晴らしい人だ」

その言葉が、今の私を支えてくれている。ラーナ様が危機に陥った際にも、喜んで命を差し出すことができた。

ワイトキングを相手に、私は自分の剣が敵《かな》わないことがわかっていても、死霊に挑むことができた。

ラーナ様が必要だと言ってくれた。フレイナ様が誇りだと言ってくれた。

ワイトキングを相手に、ここで死んでも構わないと思えた。大切な二人のためなら命など惜しくはない。

覚悟を決めていた。だけど、私はソルト殿によって救われた。

フレイナ様が教えてくれた騎士道精神に則《のっと》り、私はソルト殿に恩を返したいと思った。

だけど、それ以上にラーナ様が、フレイナ様が、ソルト殿を必要だと言った。

二人が求めたソルト殿に仲間になってもらうために、私も助力しよう。だけど、私はソルト殿という人に触れていくうちに、自分の変化に戸惑うようになった。

私は無属性で魔法が使えない。

ずっと第四騎士団の副団長として相応しいのか不安を抱えていた。それゆえに剣術を鍛え、騎士団の副団長として自分の強さを証明してきた。

それが私にできる唯一のことだと信じていた。だが、ソルト殿と出会ってから、私は次第に周りの変化に気づくようになっていた。

ラーナ様が彼の診察を受け始めたころから、ラーナ様が抱えていた男性恐怖症はマシになり、その表情が柔らかくなっていくのを感じた。

ラーナ様は普段から厳格で、誰に対しても毅然《きぜん》とした態度を取る人だった。だが、男性を前にするとどうしても震え、怯《おび》えてしまう一面があった。

だが、ソルト殿と話す時だけは、どこか優しい笑みを浮かべていた。

そして、それは他の団員たちにも広がっていった。

騎士団の仲間たちがソルト殿に心を開き、好意を抱くようになっているのを目の当たりにして、私は戸惑いを覚えていた。《好意》、それが私にはよくわからなかった。

他の団員たちがソルト殿のことを楽しそうに話し、彼を頼りにしている様子を見るたびに、私は胸の中に何か引っかかるものを感じていた。

その感情が何なのかを理解することができず、私はただ見守るしかなかった。

彼女たちにとってソルト殿は、騎士団にとって必要な存在であり、大切な人になっていっている。

それは理屈ではわかっていたが、私の中でその感情に名前をつけることができなかった。

そんな中、私は専属騎士としてソルト殿と共に行動するようになった。

彼の護衛という名目で、いつも彼のそばにいるようになって、私は少しずつ彼の人柄を理解していった。

優しく、強く、そして決して自分を誇らない。彼の行動の一つ一つに、私の中で何かが少しずつ変わっていくのを感じた。

それをハッキリと自覚したのは、村での一件だ。

少女たちが私のために身を挺《てい》してくれた時、私は初めて彼女たちの勇気を尊く思い、頭を撫《な》でた。その瞬間、心の奥底に温かいものが広がっていくのを感じた。

それは皆が感じている《愛》だったのだろうか？　彼女たちの姿に、自分が彼女たちを守りたいと思った。そして、私たちを守るソルト殿の背中を尊いと思った。

私は騎士として、彼のことを守りたい。

そして、私を守ってくれたソルト殿の側で戦いたいと思うようになっていた。

「これが愛なのか？」

まだ正直わからない。

もう一度、ゆっくりと考えてみたけれど、やはり私にはわからない。

私の中で確かに何かが芽生えているのは感じるが、それが何なのかをはっきりと言葉にすることができない。

ただ、彼と共にいることで、私の心が少しずつ変わっていることに気づく。それを嬉《うれ》しいと思う気持ちも、また自分で理解できない感情だ。

ドラゴンゾンビとの戦いが迫り、ソルト殿は私に無属性の可能性を教えてくれた。

「無属性だからこそできることがある。君にはその力がある」

そんなことを言ってくれた人はいなかった。そして、私は自分の可能性に自分で蓋《ふた》をしていたんだ。

彼は私を信じてくれた。

いや、ラーナ様も、フレイナ様も、メイも、そして第四騎士団の団員たちも、皆がずっと私を信じてくれていたのだ。

それに気づかないように見ないふりをしていたのは、私自身だったのだ。

ソルト殿の言葉で、私は心を強く揺さぶられた。

今まで、自分の無属性をずっとコンプレックスに感じていた。そんな無属性に彼は新たな可能性を見せてくれたのだ。

それは、自分の存在を肯定してくれたようで、胸の中に温かいものが広がっていくのを感じた。

そして、ドラゴンゾンビとの戦いの中で、私は初めて高揚と恐怖を感じた。

ソルト殿が魔法を使うために詠唱を始めると、ドラゴンゾンビが立ち上がり、その巨体でソルト殿を殺すために動いたのだ。

危険な状況に陥《おちい》り、彼が死ぬかもしれないと思った時、心臓が締めつけられるような感覚に襲われた。

彼はこのまま死んでしまうのではないか？　そう思った瞬間、胸の中に沸き上がる感情は恐怖だった。彼を失うことへの強い拒絶！

「私は、彼を……」

その時、はっきりと自覚した。私はソルト殿を特別に大切だと想っているんだ。彼は私にとってかけがえのない存在になっている。

無属性であることに悩み、他人の感情がわからなかった私に、彼は新たな世界を見せてくれた。

そして、彼と共に歩むことで私は少しずつ変わっていくことができた。彼が教えてくれたのは、ただの力ではなく、心だったのだ。

この瞬間、私の中で芽生えていた感情に初めて名前をつけられる気がした。

それが愛なのかはわからない。けれど、彼を失いたくない、彼を守りたいという気持ち。それは今の私にとって、何よりも大切な感情だと感じていた。

「クルシュ、君は属性がないんじゃない。君しか持っていない属性をちゃんと持っているんだ。だから誇ってくれ。クルシュの無属性は強いよ」

ソルト殿の声が私の心に響いて、体が自然に動いていた。

今まで、無属性を誰もが魔法が使えない存在だと思っていた。誰も、無属性が強いなんて、言ってくれる人はいなかった。

誇りだと言ってくれた人がいた。だけど、誇りを持っていいと言ってくれた人はいなかった。腫れ物《はれもの》を扱うように、私を見る人ばかりで、第四騎士団の副団長になっても、無属性だということで下に見る者も多くいた。

それらを全て否定するソルト殿に、私はなんと声をかけて良いのかわからない。

「ソルト殿」

「うん？」

「あなたは、変な男だな」

「そうか？」

「ああ、無属性を誇れなんて……」

それ以上、私は言葉を発することができなかった。

「私はあなたの専属騎士だ！　あなたを守ってみせる」

ドラゴンゾンビを前にしても、何も怖くない。

彼を失うことに比べれば、ドラゴンゾンビの爪などいくらでも弾いてやろう。

これほど誇らしく、気持ちが高揚した戦いはない！

◇

ドラゴンゾンビとの戦いが終わった。

辺りは静寂に包まれ、荒れ狂っていた瘴気《しょうき》も消えていく。

ようやく、私たちは勝利を手に入れたのだ。ずっと苦しく思っていた瘴気がどこにも感じられない。これがソルト殿の力なんだ。ラーナ様やフレイナ様が、ソルト殿の能力を認めているのも理解できる。

そして、彼という存在を大切にする気持ちも理解できた。

ドラゴンゾンビを倒したソルト殿は息を切らし、肩で大きく呼吸している。彼の服はところどころ破れ、傷口から血が滲《にじ》んでいるのが見えた。

その姿を目にした瞬間、私の胸の奥に熱いものが込み上げてきた。

「ソルト殿、大丈夫ですか?」

私は彼に駆け寄り、声をかけた。だが、彼は私の姿を見た瞬間、目を見開いて真《ま》っ赤《か》な顔をして硬直した。

「く、クルシュ……その……服が……」

彼はか細い声でそう言い、目を背けた。私の服が破れて、肌が露出していることに気づいたのだろう。彼は恥ずかしさに耐えられなかったのか、気を失ってしまった。

私はそんな彼を見て、胸が締めつけられるような思いに駆られた。

これほどの戦いを乗り越えたというのに、彼は私の露出さえも恥ずかしがる。

なんて純粋で、そして……素敵な人なのだろう。

「本当に、あなたは……」

私は、彼の頭をそっと抱き寄せて、自分の膝に乗せた。

彼に膝枕をしてあげるのはこれで二度目だ。だけど、最初の頃は何も思わなくて、馬車は揺れるからしんどいだろうと気遣っただけだった。

だけど、今は彼の頭を膝に乗せられることが愛おしいと思ってしまう。

彼の頭から伝わる温かさに、私の心が優しく満たされるのを感じた。

彼は今まで、何度も私たちを守ってくれた。瘴気を浄化し、ドラゴンゾンビを討ち、皆のために戦ってきた。

彼の息が穏やかになるのを感じながら、私は彼の頭に手を置いて、髪を優しく撫でた。

彼の額には汗が浮かび、顔には疲労が色濃く刻まれている。それでも、彼の存在が私にとってどれほど大きいものか、今、はっきりと理解できた。

「あなたは、本当にすごい人だ……」

私は彼に聞こえていないとわかりながらつぶやいた。

ドラゴンゾンビを倒せる人間が、この世界に一体どれだけいるのだろうか？　彼の力は、確かに計り知れないものがある。

だけど、一人では戦えない。放《ほう》っておけない一面をもった人。その優しさもまた、私たちを包み込んでくれる。だからこそ、私は彼に……。

その思いに駆られながら、私はふと顔を下ろして、彼の額に唇を近づけた。

そして、そっとキスをする。

彼が気絶している今だからこそ、できることかもしれない。

でも、この気持ちだけは本物だ。たとえ、彼がラーナ様の想い人であったとしても。

「あなたがラーナ様の想い人であっても、私はあなたの専属騎士として、どこまでも付き従います」

そう静かに誓いを立てる。

彼の頭を優しく撫でながら、私は自分の心がどれだけ彼に惹《ひ》かれているのか、改めて実感していた。

◇

ドラゴンゾンビを倒し、私たちはようやくコーリアスの城へと帰還した。

ソルト殿と共に戦ったあの激戦を乗り越えたことで、私の中には新たな感情が生まれていた。今ならば、フレイナ様やメイが私に伝えようとした言葉が理解できる。

そう、あの時感じた胸の高鳴りが何だったのか、あれは……《恋》だったのだ。

私がソルト殿に《愛》を感じたのだと気づいた瞬間、同時にラーナ様の感情にも気づいてしまった。

ラーナ様がソルト殿に抱く想い、それもまた《恋》であることがわかってしまったのだ。

あのような聡明《そうめい》で美しい方だ。

この思いは誰にも告げず、私は身を引くべきだと考えた。

「私が彼を好きになるなど……。ラーナ様には敵《かな》わない」

帰還後の賑《にぎ》やかな城の中で、私は一人、そう自分に言い聞かせた。だけど、胸の奥に押し込めた感情は膨らむばかりだ。この気持ちをどうすることもできない。

でも、それは私の中だけに留めておくべきだと、そう思っていた。

そんな時、ラーナ様が私に声をかけてきた。

「クルシュ、少しお話がしたいのだけれど、いいかしら？」

突然の言葉に私は驚き、思わず背筋を伸ばしてしまった。

「……はい、ラーナ様」

ラーナ様の声はいつも通り穏やかだが、その瞳には何か決意のようなものが宿っているように見えた。

私はラーナ様に案内され、執務室の一角にある小さなサロンへと向かった。

ラーナ様は私に椅子を勧め、自分も隣に腰を下ろした。そして、ゆっくりと口を開く。

「クルシュ、ソルト先生と共に無事に帰ってきてくれて、本当にありがとう。あなたたちが無事であることが、私にとってどれほど嬉しいことか……」

そう言って、ラーナ様は私を強く抱きしめてくださった。

やっぱりこの方は素晴らしい方だ。心から私を受け入れてくれている。

ラーナ様の言葉に、私は胸の中がじんわりと温かくなるのを感じた。しかし、同時にこの後に続く話が何なのか、なんとなく察してしまう自分がいた。

「それとね、クルシュ……私は気づいているわ。あなたがソルト先生に抱く特別な想いに……」

心臓が大きく跳ねた。ラーナ様の言葉に、私は何も言えず、ただラーナ様から目を逸《そ》らすことしかできなかった。

「安心して、責めるつもりはないの。ただ、あなたに伝えておきたいことがあるの」

ラーナ様は微笑《ほほえ》みながら続けた。責めるつもりはないと言われて、安堵《あんど》して、ラーナ様の瞳を見つめる。

「私は、ソルト先生に恋をしていると思うの。正直に言えば自分でもわからない」

「えっ？　ラーナ様もわからないのですか？」

「ふふ、そうよ。だって、私もきっとこれが初恋だもの。クルシュもでしょ？」

「私は、この気持ちが《恋》なのかわかりません。ですが、騎士としてソルト殿を守りたい。そして、彼の側にいたいという想いがあります」

「そうね。私も同じなの」

「ラーナ様も同じ?」

「ええ、そうよ。でも、貴族として、この危険だらけの世界で彼を独り占めするつもりはないわ。ソルト先生は素晴らしい力を持ち、多くの女性から求められる男性よ」

ラーナ様の言葉にズキッと胸が痛むのを感じる。

ソルト殿が他の女性から求められることに、少しだけ自分の胸が痛むのを感じた。

「そんな彼が、たった一人の女性だけのものになるなんて考えられない。むしろ、彼は多くの女性に愛され、子孫を残すべきだと思っているの」

私はその言葉を聞いて、目を見開いた。まさか、ラーナ様がそんなことを考えていると は思わなかったからだ。

だけど、その言葉には確かに理があった。この世界では、力を持つ者が多くの子孫を残すことは当然のこと。しかも、それをラーナ様が口にするということは……。

「……ラーナ様は、ソルト殿以外の男性には興味がないのですか?」

私の問いに、ラーナ様は静かに頷《うなず》いた。

「ええ。実はね、ソルト先生以外の男性から浴びる視線は、まだ怖いのよ。男性恐怖症は残っているの。あの方だけが、私の心に安心を与えてくれる存在なのよ」

ラーナ様の言葉に私は驚いた。彼女は男性恐怖症を克服したように見えていたけれど、実際にはまだ完全には治っていなかったのだ。

それでも、ソルト殿だけは違う。ラーナ様にとって、ソルト殿だけが特別な存在になっていたのだ。

「そう……ですか」

私は小さく呟《つぶや》く。私自身も、ソルト殿以外の男性に全く興味を抱かないことに気づいていた。彼が、私にとっても唯一無二の存在であることを改めて感じる。

「クルシュ、あなたも同じではないかしら？」

ラーナ様の問いかけに、私は一瞬躊躇《ためら》ったが、やがて素直に頷いた。

「……はい。私も、ソルト殿以外の男性に興味はありません。彼だけが、私の心に響く存在です」

ラーナ様は私の言葉を聞き、穏やかに微笑んだ。そして、私の手をそっと握り締めてくれる。

「それでいいのよ、クルシュ。同じ相手を好きになることを、私は誇りに思うわ。あなたも、ソルト先生のことを大切に想っているのね」

「……はい。ラーナ様と同じ相手を好きになったこと、誇りに思います」

私はラーナ様の言葉に心が軽くなるのを感じた。彼女もまた、私と同じ気持ちを抱いている。そう思うと、不思議と嬉しさが湧き上がってきた。

「ふふ、せっかくだから、お互いにソルト先生の良いところを話してみましょうか」

ラーナ様が微笑みながら提案してくれる。その言葉に私は驚いたが、次第に頬が緩むのを感じた。

「それは……いいですね」

私たちはお互いに顔を見合わせて笑った。そして、ソルト殿の良いところを次々に語り合う。彼の優しさ、強さ、そして純粋さ……。

話しているうちに、私たちの心はどんどん温かくなっていく。

ラーナ様と共にソルト殿を想い、彼の良いところを語り合えるこの時間が、何よりも幸せだと思った。

エピローグ

ドラゴンゾンビの討伐を成し遂げて、クルシュの素敵なおっぱいを目に焼きつけてしまった。あの湖の時のように暗い場所ではなく、明るい場所で正面から！　しかも意識を失って膝枕までされてしまった。

クルシュの整った容姿と男勝りな態度は、どこか中性的な美少年を感じさせていた。だが、着痩せしているだけで、素肌を晒《さら》すクルシュは立派なおっぱいを……いかん！

俺は先ほどから何を考えているんだ！

メイも、身長は低いがロケットのように突き出したおっぱいと、可愛《かわい》い下着が……。はっ⁉　ダメだ。頭がバカになっている。

コーリアス領都の高級宿の部屋に戻ってからも、思い出しては悶々《もんもん》とした時間を過ごしてしまっていた。

◇

ラーナ様への報告は第四騎士団やクルシュに任せて、俺はドラゴンゾンビを討伐したことを冒険者ギルドに報告した。

「えっ！　もう達成されたのですか？　普通なら、何日もかかりますよ！　ドラゴンゾンビの周りにいるオークゾンビを排除するだけでも大変なのに」

副ギルドマスターに事情を聞いていたのか、受付さんのトワに驚かれてしまった。

大量のオークゾンビはクルシュとメイが排除してくれて、俺はドラゴンゾンビにだけ集中することができた。

ドラゴンゾンビに察知されるとは思っていなかったが、上位聖属性魔法を使ったことで辺り一帯を全て浄化することもできたので、瘴気《しょうき》が再度発生しない限りは大丈夫だろう。

「とにかく冒険者ギルドとして、確認を行わせてください」

トワの手配で、職員が外へ飛び出していった。

「後は、これがドラゴンゾンビの魔石だ」

「大きいですね！　この大きさは確かにドラゴンの物に間違いありません！」

トワは驚いているが、他にもオークゾンビの魔石もある。

クルシュとメイは報酬を受け取らないと言っていたが、それは俺が断った。

彼女たちの活躍でドラゴンゾンビを倒すことができたのに、報酬がなしというわけにはいかない。

「あとクルシュたちが倒したオークゾンビの魔石を、彼女たちに分配してくれ。ドラゴンゾンビの報酬は受け取らないと言われてしまったからな」

分配はそれぞれが倒した分だけ。俺はドラゴンゾンビの分を含めて均等に分配したかった。だが、そこは譲ってもらえなかった。

「わかりました。お二人は第四騎士団の所属ですので、フレイナ様に報告して、お二人に渡してもらうようにしておきます」

「ありがとう」

トワがこちらの意図を理解してくれる子で助かった。

冒険者ギルドの職員が戻ってきて、浄化された土地を確認してくれた。改めて依頼達成と、魔石の買取、さらにドラゴンの骨の買取もしてくれたので、懐が随分と潤うことになった。

パーティー解散の時、格好をつけて、シンシアとアーシャに多めに分配したせいで、正直なところ懐が寂《さび》しかった。

ラーナ様の好意で高級宿を無料でずっと使わせてもらっているからお金を使わないで済んでいるが、経費の支払いをしながら稼がないといけないとなると、結構なストレスになってしまうからな。

「こんなにもか？」

「はい！　こんなにもです」

冒険者ギルドから受け取った報酬は思っていた以上に多かった。

「まず、ドラゴンゾンビが上位の魔物であることはご存じだと思います」

「ああ、まぁ」

「さらに、オークゾンビを護衛として従えており、討伐後に周辺の浄化をするのに、どれだけの聖属性魔法を使える者を動員しなければいけないのか？　ソルトさんはわかっていますか？」

熟練の聖属性魔導士なら一人いればいい。俺はたまたま冒険者として熟練度を上げる機会に恵まれていたから、一人でどうにかなった。

だが、熟練度が未熟な聖属性魔導士なら十人はいるんじゃないか？

「どうやらご理解いただけたようですね。熟練者で最低三人です。それを教会に申請してもいつ来られるのかわかりません。そのため、冒険者を集めて、熟練者ではない一般的な聖属性魔導士なら三十人ほどの者が魔力を消費する必要があります。それだけの人員を集める大変さと、彼らに報酬を払い、その土地の浄化に何日もかかることを思えば、これくらいの報酬でも足りないくらいです」

トワが顔を近づけて、双丘を押し付けながら、すごい圧力で説明するので、俺は何度も頷《うなず》いた。

エピローグ

十人じゃなくて、三十人もいるのか？　だけど、相性の良さを思えば、多くなくても大丈夫だと思うんだけどな。

「わっ、わかった。ありがたく受け取らせてもらうよ」

「はい！　今後もコーリアスの安全をどうかよろしくお願いします」

それまで真剣な顔をしていたトワが、不意に笑顔になるのはズルいと思うぞ。

美人に笑顔を向けられて、ドキッとしない男はいないからな。

何よりも王都の受付さんであるミリアさんに負けない双子山が……。

「あっ、それとですね、今晩……」「ソルト殿！」

トワが何かを言おうとしたところで、クルシュの大きな声が、冒険者ギルドに響いた。

「クルシュ、ちょっと待ってもらえるか⁉　トワ、今何か？」

「いえ、大丈夫です。処理は全て終わっておりますので」

「そうか？　ありがとう。近いうちにまた顔を出すよ」

「お待ちしています……今度こそ！」

「うん？」

「いえ、お気をつけて」

「ああ、またな」

トワが小声で何か言っていたが、聞き取ることができなかった。

一先《ひとま》ずトワに別れを告げて、クルシュのもとへ向かう。

「すまない、待たせた」

「いやいや、私の方こそ、話の途中にすみません」

「いや、それは気にしないでいいよ。それで、どうしたんだ?」

「実は、今晩の夕食をラーナ様が一緒に取りたいと仰《おお》せでな。時間の都合を聞こうと思ったのだ」

「夕食を?」

仕事が終わって一旦宿で休みたいと思っていたが、仕方がないな。

「わかった。宿に戻って準備をしてくるよ」

「ああ。よろしく頼む」

高級宿に戻った俺は、ラーナ様に用意してもらった貴族と夕食を取るための服装に着替えて部屋を出た。

屋敷に辿《たど》りつくと、騎士として、動きやすいながらも上品な服装をしたフレイナが出迎えてくれる。

高級宿で着ていたワンピースは可愛く見えたが、やっぱり今は凛《り》々《り》しい姿をしていた。

「今日は凛々しくてかっこいいですね」

「そう言ってもらえると嬉《うれ》しいよ。この間の私は忘れてくれ」

「あの時は可愛かったです」

「なっ! ソルト殿、そういうことは軽々しく言わないでもらいたい」

「そうですか？　言わないと伝わらないと思って」

凛々しい姿をしているのに、顔を赤くしているフレイナ様は親しみやすくて、とてもいいな。

一緒に遠征に行ってからは仲良くなれたと思うが、なかなか話す機会がなくて、このような軽口で話ができるのは、なんだか心地よくていいな。

「今日はソルト殿が主役だ。こちらへ」

「屋敷の中、護衛が少ないんですね？」

「いや、屋敷の至る所にいるよ。近頃は少し物騒なのでな」

ドラゴンゾンビを倒して、瘴気が治まりつつあるのに、物騒？　フレイナの言葉に疑問を抱き、不穏な気配を感じ取った。

城郭《じょうかく》都市として、門や塀がいくら守ってくれていても、空を飛んでくる魔物にはどうしても対処が遅れてしまう。

「瘴気のこともあるが、ラーナ様の身を狙う者がいるという噂《うわさ》があるのだ」

「ラーナ様の身を狙う者ですか？」

「ああ、ラーナ様は辺境でも有名な美貌の持ち主だ。王都の貴族だけでなく地方の貴族たちも、家令《かれい》などしないで自分の嫁や愛人にと狙っている貴族が多くてな」

お貴族様同士というだけでなく、男女のいざこざというわけだ。どこにでもある話だが、貴族同士となると規模が大きくなるので、厄介《やっかい》だな。

「こちらだ」

フレイナが扉をノックすれば、ラーナ様が入るように返事をしてくれる。開かれた扉から中に入ると、大きなテーブルの上座にラーナ様が座っておられた。

俺は奥の席に通されて、扉側にはフレイナ様が着席する。

他にも数名の護衛がいるところを見ると、本当に警戒されているようだ。

今日のラーナ様は、ドレスのような胸元が開いた服ではなく、首まで布があるブラウスを着ていた。

それでも隠し切れないほどの凶器が搭載されているので、ラーナ様の瞳を見つめて挨拶をした。

「今宵《こよい》はお招きいただきありがとうございます！」

「いえ、クルシュから報告は受けております。ドラゴンゾンビを討伐してくださったこと、本当にありがとうございます」

ラーナ様は俺の席に近づいて握手を求める。

男性恐怖症の治療で握手は何度もしている。こうやって自然にできるようになったのは大きな進歩だろう。

「いえ、俺は自分の仕事をしただけですから」

「ふふ、ソルト先生はやっぱり謙遜《けんそん》なされるのですね」

「謙遜なんてそんな」

エピローグ

握手をすると、ラーナ様が口元に手を当てて楽しそうに笑う。

だが、俺は本当に謙遜なんてしていない。自分のできることを成しただけにすぎない。

聖属性である俺ができる精一杯のことをしただけだ。

「良いですか？　ソルト先生」

身を寄せるように顔を近づけてきたラーナ様は、とてもいい匂いがした。綺麗《きれい》な顔が蠟《ろう》燭《そく》の灯《あか》りに照らされて、なんとも幻想的だ。

「はい？」

「ワイトキングもドラゴンゾンビも、高ランク任務であることはご存じですか？」

「ええ、まぁ」

それは重々承知している。俺は聖属性だから倒す方法を持っているが、聖属性以外の者では死属性に対して全てを滅することはできない。

殺すことも難しいので、どこかに吹き飛ばすか、封印するアイテムを用意する必要があるだろう。

「ワイトキングは、死霊術師と呼ばれ、下位モンスターを発生させて天災と呼ばれるほどの脅威となります」

「う……」

「ドラゴンゾンビは、疫病の原因になり、発生している間はどんどん毒素をばら撒《ま》き続け、空気を汚染します」

「はは……」

死属性と瘴気が合わさると最悪な結果を生むのは、知られている。

「そんな二体だけでなく、森の浄化、村の救援など、多くの功績をこの短期間で残してくれました。そんなことができるのはソルト先生だけなのです。もっと胸を張ってください」

「胸をですか？」

ラーナ様は俺に対して胸を張る仕草をする。俺はそう言われて、大きなラーナ様の胸へ視線を向けそうになって……。

「きゃっ！」

バチンッ！　と音がしたと思ったら、俺の目にラーナ様の胸元からボタンが弾《はじ》け飛《と》んできた。

「ぐわっ!?　目がっ!?」

痛っ！！？　くっ、これがラーナ様の胸を見ようとした罰だというのか？

「あぁぁ！　申し訳ありません。今日は大きめのサイズを着たはずなのに！」

「だっ、大丈夫です。自分で回復魔法をかけて治せますから。それよりも……」

俺はこのまま目を開いて、ラーナ様の解き放たれた谷間を見ても良いものかと戸惑う。

「ソルト殿は紳士です。ラーナ様のお姿に気を使われておられるので、お召し物を変えてきてはいかがですか？」

エピローグ

フレイナが助け舟を出してくれる。

「そっ、そうでしたわね。ソルト先生、申し訳ありません。すぐに着替えてまいりますので、お待ちください」

「ええ、お気になさらず！」

俺は自分に回復魔法をかけながら、ラーナ様が出ていってくれたことにホッとする。

あのままなら、どうしてもラーナ様の胸元から目が離せなくなってしまっていた。

「すまないな、ソルト殿。ラーナ様に合う服がなかなかなくて、すべて特注で作ってはいるんだが、胸元がまた成長されてしまってな」

まだまだ成長途上のラーナ様の爆弾なのですね！　そんな情報を教えないでほしい。

どうしても気になって見ないようにしているのに、見てしまいそうだ。

「だが、君が見ないようにしてくれているから、瞼《まぶた》を傷つけただけで済んだ。バカな平民がガン見して、モロに目に受けて失明しかけたことがあったのだ」

ヤレヤレという声で話をするフレイナだが、それはなかなかにヤバい状況なのではないかと思えてしまう。

「君の紳士な振る舞いに、詫《わ》びと感謝を」

よくわからないことに感謝されたが、とにかくフレイナには悪気はなさそうだ。

「お待たせしました！　さぁ食事にしましょう」

そう言って戻ってきたラーナ様は、いつものドレスに近い胸元が開いた服で、余計に目のやり場に困るディナーになってしまった。

ディナーを終えた俺たちは場所を応接間に移動して、食後のティータイムをすることになった。

どうやらこちらが本題で、ラーナ様は俺に何か話をしたかったようだ。

「ラーナ様、夕食をご馳走様《ちそうさま》でした」

「いえいえ、此度《こたび》も活躍されたと、クルシュから報告を受けました。そこで改めて、お礼をしなくてはいけないと思ったのです。こちらこそ領地の安全を守っていただき、ありがとうございます」

ラーナ様が深々と頭を下げれば、着替えてきたドレスの胸元の豊満な谷間が最大限に強調されてしまう。俺は見ないように目を閉じて、ラーナ様が顔を上げた頃合いを見計らって目を開く。

応接間は食堂とは違って、少しラフな雰囲気であるからこそ油断してはいけない。

ゆったりとした時間の中で気を抜くと、だらしなく視線を向けてしまう。

食事の部屋には騎士が四方に配置されているから自分を戒《いまし》めることができた。

だが、応接間には、ラーナ様とフレイナ、それに俺だけだ。

食堂よりも狭い部屋だからなのか、警備が少なく、警戒心が薄れたように感じられる。

「何度もお礼を言われているので、大丈夫ですよ。それに俺は第四騎士団所属として、そして冒険者として当たり前の仕事をしただけですから」

エピローグ

正面に座っていることで、ラーナ様の全身を見て話をする。

特別に視線を逸《そ》らすつもりはないが、話をしている間は、なるべく胸ではなく顔か瞳に視線が合うように意識した。

「ソルト先生のことはよくわかっています」

「自分ではあまり自覚はありませんが、そうなんですかね？　幼馴染《おさなな》み《じ》の妹たちには鈍感だとよく言われましたよ」

アーシャやシンシアからは、女心がわからないからダメなんだとよく叱られた。

「どちらかと言えば俺は不真面目《ふまじめ》なところがたくさんありますよ」

「そうなのですか？　ふふ、そういう一面も見せていただきたいものです」

ニコニコしていたラーナ様が真剣な顔になったので、少しだけ姿勢を正した。

「ソルト先生」

「はい！」

「お願いしたいことがあります」

「なんでしょうか？」

「第四騎士団の専属という話を改めて考えていただけませんか？」

「専属ですか？　今とは違うのでしょうか？」

「はい。今は回復術師として、臨時で助っ人をお願いしていました。ですが、正式に第四騎士団所属の回復術師として、私のものになってほしいのです」

ラーナ様やクルシュ、第四騎士団と共に過ごした日々は、俺にとってかけがえのないものになっている。

それは幼馴染みとして共に育ったシンシアやアーシャと過ごしてきた時間とは違う。

俺を求めてくれる新しい環境だった。

「もちろん、喜んでお受けします。ただ、冒険者としての活動も続けたいと思うのですが、構いませんか？」

「はい！　ソルト先生の自由を縛ろうと思っているわけではないのです。ソルト先生が、第四騎士団専属回復術師になってくれたことが嬉しいのです」

可愛い笑顔で嬉しいと言われて悪い気はしない。

「ありがとうございます。それなら、俺に問題はありません！」

「本当ですか⁉　よかった～」

嬉しそうに両手を組むと、大きな胸が持ち上げられて谷間が強調されてしまう。正面から見ているせいで破壊力がヤバい。

ラーナ様の無邪気な態度は、少しだけでも男性恐怖症が薄れたからだろうか？　こちらがドギマギさせられる。

「それでは騎士団からクルシュとメイをソルト先生の専属騎士に任命させていただきます」

「えっ！　メイもですか？」

エピローグ

「はい。此度の一件で、クルシュは随分とソルト先生にお世話になったと言っていました。それにメイも命を救われて恩を返したいと言っていたので」

「いや、お世話なんてしてませんよ。むしろ、こちらの方がクルシュに助けてもらったくらいです」

「ふふ、クルシュはなかなか男性に心を開かないのです。そんなクルシュが、ソルト先生に出会ったことで自信を持つ子になりました。ありがとうございます」

ラーナ様はクルシュのことを本当に大切にしているんだな。その気持ちを軽く見ることはできないな。

「クルシュは、ソルト先生に出会ってから、どんどん成長しているように思います。今後もソルト先生のもとで彼女に自信をつけさせてあげてください」

クルシュが元々持っていた潜在能力の高さだと思うが、少しでも俺の言葉が役に立ったなら嬉しいな。

「わかりました。クルシュやメイには助けられています。それに二人がいてくれることで、俺もコーリアスのことを知ることができるのでありがたいです」

「よかった！　それでは決まりですね。今後もコーリアス領をどうかよろしくお願いいたします」

「こちらこそ、色々と良くしていただきありがとうございます」

簡単な口約束ではあるが、これはちゃんとした契約として、俺は認識することにした。

応接間を出て、フレイナが外まで案内をしてくれる。

部屋の外に立っていた二人の護衛にラーナ様を任せて、フレイナと廊下を歩く。

「色々と面倒なことを押し付けてしまった。すまないな」

「いえ、俺も元々こちらで瘴気が発生していると聞いて、仕事を求めてきたので、領主代行であるラーナ様のお墨付きがもらえたのはありがたいです」

「そう言ってもらえるとありがたい。実は、ソルト殿には伝えておくが、コーリアス領内に間者《かんじゃ》が入り込んだと情報が入った。まだ特定はできていないが、調査に手を取られてしまって、二人しか貸し出せないことを許してほしい」

「間者ですか？」

スパイということはわかるが、そんな事を俺に話してもいいのだろうか？

「ああ、この瘴気が発生しやすくなった原因でもあるんじゃないかと私は思っているんだ」

なるほど、どこかで瘴気に汚染された魔石をコーリアス領に持ち込んで、ドラゴンの骨と共に置いておくことで、ドラゴンゾンビを発生させた人物がいるのではないかと想っていたが、黒い魔石もそいつが犯人か？

「わかりました。そちらの方も関係がないか、こちらでも調べてみます」

「それは助かるが、無理はしないでほしい。それは我々の仕事だからね」

「ええ、ほどほどにしておきます」

フレイナと笑顔で握手をして、俺は領主の館を後にした。

◇

俺が第四騎士団専属の回復術師になってから、しばらく時が経った。

ラーナ様の男性恐怖症の克服に少しずつ成功し、そしてクルシュやメイとも信頼関係を築いてきた。

幼馴染みと冒険者をしていた頃には想像もできなかった、穏やかで賑《にぎ》やかな日々が今では生活の一部となっている。

そんな俺の前に広がるのは、賑わうコーリアスの街並みだ。

市場には商人たちの活気が溢《あふ》れ、道を行く人々の笑顔が溢れている。この平和を守るために、俺は騎士団と共に戦い、守ってきたのだとしみじみ感じる。

執務室へ向かうと、ドアの前に立っていたクルシュが俺を見つけて微笑《ほほえ》んだ。

「お疲れ様です、ソルト殿。ラーナ様があなたをお待ちです」

「ああ、ありがとう。クルシュも無事に戻ってきてくれて良かった」

そう言って俺は彼女に頷く。クルシュは以前と比べ、表情が豊かになった。

彼女自身が《愛》という感情を少しずつ理解し、周りとの関係も深めるようになったからだろう。

最近は騎士団のメンバーと模擬戦もするようになった様子で、後輩たちの指導にも当たっている。

その自慢の無属性で、相手の魔法を切り伏せている姿を見た。

もう今の彼女は自信を持って副団長を名乗れるだろう。

部屋の中に入ると、ラーナ様が執務机の前で待っていた。彼女も以前と比べてずっと元気そうだ。

俺の顔を見るなり、柔らかな笑みを浮かべてくれた。

「ソルト先生、いらっしゃい。今日も一日お疲れさまでした」

「ありがとうございます、ラーナ様。皆さんのおかげで、平和な日常を守ることができました」

俺が答えると、ラーナ様は軽く頷いた。彼女の目には以前のような不安を感じない。

少しずつ、確実に彼女の男性恐怖症が和らいできているのを感じる。

「そういえば、今日は一つお願いがあります」

「なんでしょう？」

「クルシュと一緒に、今夜は騎士団の皆と夕食を取っていただけますか？　今日は特別な日なのです。あなたがこのコーリアスで過ごしてくれて、私たちの平和を守ってくれていることに感謝を表す機会です」

「俺なんかがそんな……」

少し照れくさくなり、頭を掻《か》いた。

だが、ラーナ様は優しい目で俺を見つめて続けた。

「ソルト先生、あなたがここにいてくれるから、私たちは安心して日々を過ごせるのです。だからこそ、あなたに感謝したい。クルシュもそう思っているはずです」

ラーナ様の言葉に、俺は思わず息を飲む。視線をクルシュに向けると、彼女は軽く頷き、真剣な表情で俺を見つめていた。

「そうです。ソルト殿、私はあなたの側で多くを学び、感じることができました。そして……あなたが私にとって、大切な存在だと気づいたのです」

その言葉に、胸が熱くなった。

俺にとって、クルシュやラーナ様、そして騎士団のみんなの存在がどれほど大切なものになっているかを改めて実感する。

「……ありがとう、ラーナ様。クルシュも。俺はこれからも、皆さんと共にコーリアスを守り、平和を支えたいと思います。皆のために、俺のできる限りのことをしていきます」

そう告げると、ラーナ様もクルシュも嬉しそうに微笑んだ。

この瞬間、俺はようやく一つの答えにたどり着いた。

冒険者として生きていた頃の俺は、何かを求めて彷徨《さまよ》っていた。

そして今、俺はこのコーリアスで、彼女たちと共に生きていくことに意味を見つけた。

「それでは、今夜の夕食を楽しみにしていますね」

ラーナ様がそう言って部屋を出て行く。

クルシュもまた、俺の隣に立ちながら微笑んでくれた。

「ソルト殿、これからもあなたの側で、学んでいきたいと思います」

「ああ、俺も君と共に頑張るよ、クルシュ」

二人で廊下を歩きながら、俺は心の中で感謝の気持ちを抱いていた。彼女たちと過ごすこの日々こそが、俺にとっての宝物なのだと気づいたから。

これからも、彼女たちと共に歩んでいく。

騎士団専属の回復術師として、そして彼女たちの大切な仲間として。

◇

ドラゴンゾンビを倒したことで、コーリアス領内の瘴気が減少しているのを感じていた。

しかし、そんな俺のもとに冒険者ギルドから使者が訪れた。

使者によれば、コーリアス領とアザマーン領の領境にあるダウトの街付近で、瘴気が増大している恐れがあるというものだった。

その調査依頼にやってきたというわけだ。

それと同時にフレイナからも呼び出しを受けた。彼女の表情はいつもより少し険しく、何か重要な話があることが察せられた。

エピローグ

「ソルト殿、ダウトに向かうと聞いた。本当か？」

「はい。冒険者ギルドから、ダウトの調査を依頼されました」

「うむ。実は、次の任務についてお願いしたいことがある」

「はい、何でしょうか？」

俺が問いかけると、フレイナはしばし言葉を選ぶように間を置いて、口を開いた。

「実は、コーリアス領内にラーナ様を狙う間者の存在が確認された。奴《やつ》らがどこから来て、何を目的にしているのかはまだわからない。ただ、ダウトの街が奴らの情報交換場所になっていると情報が入った」

「ダウトの街……ですか？」

ダウトの街はコーリアス領でも重要な交易地であり、隣接する領と境界を接しているため、情報の出入りが激しい場所でもある。

そのため、間者が活動するにはうってつけの場所だ。

「ダウトの街は商人や旅人で溢れているため、間者たちが紛れ込むには最適な場所だと考えられる」

フレイナの言葉を聞きながら、俺は瘴気の発生以上に、この任務の重要性を感じた。

ラーナ様を狙う間者を放置しておくわけにはいかない。

俺はフレイナに向き直り、しっかりと頷いた。

「わかりました。そちらの調査も行います」

「頼む。向こうを仕切っているのは、第二騎士団で、私の兄が団長を務めているんだ」

「フレイナ様のお兄さんが？」

「ああ、少し頭が悪い兄なんだが、ラーナ様からの手紙を渡せば協力してくれると思う。それにクルシュとメイも同行させるから、気をつけて行ってきてくれ」

フレイナは真剣な表情で俺に言った。

「二つの任務を同時にこなすのは大変だろうが、どうか頼む」

「ああ、任せてくれ」

俺は決意を込めて答えた。

ダウトの街で何が待ち受けているかわからないが、俺にはクルシュやメイ、そして第四騎士団の仲間たちがいる。

この領地の平和を守るため、ラーナ様を狙う間者を探し出し、瘴気の原因を突き止めるのだ。

その時、ふとラーナ様の顔が浮かんだ。彼女を守るためにも、この任務は成功させなければならない。

俺は決意を新たにし、フレイナに向かって再び深く頭を下げた。

「必ず成功させて戻ります」

「期待している、ソルト殿。無理をせず、必ず無事に帰ってきて」

フレイナの言葉に背中を押され、俺は騎士団の一員として、歩み始めた。

あとがき

この書籍を手に取っていただきありがとうございます！　作者のイコです。

今回の作品は、私にとって三作品目の書籍化となりました。書籍化にあたり、カクヨムに掲載していた内容に大幅に加筆し、細かい設定やキャラクターの心情をより深く描くように心がけました。ウェブ版を読んでくださっていた皆様にも、新たな発見や楽しさを感じていただけたら嬉しく思います。

今回の作品で特に力を入れたのは、主人公ソルトとヒロインたちの関係性の変化です。書き進めるうちに、彼らの成長や感情の機微をもっと描きたいと思い、気づけばストーリーがどんどん広がっていきました。

結果として、二人のヒロインにスポットライトを当てることができたと思います。

また、今回の書籍化にあたり、イラストを担当していただいたGenyaky先生のイラストに感激してしまいました。キャラクターの個性や雰囲気を見事に表現していただき、本当に感激しました。特に、ラーナ様やクルシュのイラストは、まさに自分のイメージしていたそのもので、思わずにやけてしまいました（笑）。イラストが加わることで、物語の世界観が一層深まったように感じます。

お声がけをいただいたファミ通文庫の編集であるSさんには感謝の言葉しかありません。
また、本を作ってくださった編集部の方々にも感謝を伝えたいと思います。

こうして三作品目を迎えられたのも、読者の皆様の応援や支えがあってこそです。本当にありがとうございます。これからもキャラクターたちの物語を紡ぎ続けていきたいと思っていますので、引き続き応援していただけたら幸いです。

次巻では、ダウトの街で待ち受ける新たな試練や、ソルトとヒロインたちの関係のさらなる進展を書いていきたいと思います。ぜひ楽しみにしていてください！

それでは、また次の巻でお会いしましょう！

聖《せい》属《ぞく》性《せい》ヒーラーは女《おんな》騎《き》士《し》団《だん》の助《すけ》っ人《と》回《かい》復《ふく》術《じゅつ》師《し》をやってます

2025年1月30日　初版発行

著　者　イコ
イラスト　Genyaky
発行者　山下直久
発　行　株式会社KADOKAWA
〒102-8177 東京都千代田区富士見2-13-3
電話 0570-002-301（ナビダイヤル）

編集企画　ファミ通文庫編集部
デザイン　AFTERGLOW
写植・製版　株式会社オノ・エーワン
印　刷　TOPPANクロレ株式会社
製　本　TOPPANクロレ株式会社

 ISBN978-4-04-738312-8 C0093　　定価はカバーに表示してあります。